龍劍風

용검풍 1

한성재 新무협 판타지 소설

초판 1쇄 찍은 날 § 2007년 1월 26일
초판 1쇄 펴낸 날 § 2007년 2월 7일

지은이 § 한성재
펴낸이 § 서경석

편집장 § 문혜영
편집책임 § 이재권
편집 § 유경화

펴낸곳 § 도서출판 청어람
등록번호 § 제1081-1-89호
등록일자 § 1999. 5. 31
어람번호 § 제2-1116호

주소 § 경기도 부천시 원미구 심곡1동 350-1 남성B/D 3F (우) 420-011
전화 § 032-656-4452 팩스 § 032-656-4453
http://www.chungeoram.com
E-mail § eoram99@chollian.net

ISBN 978-89-251-0522-2 04810
ISBN 978-89-251-0521-5 (세트)

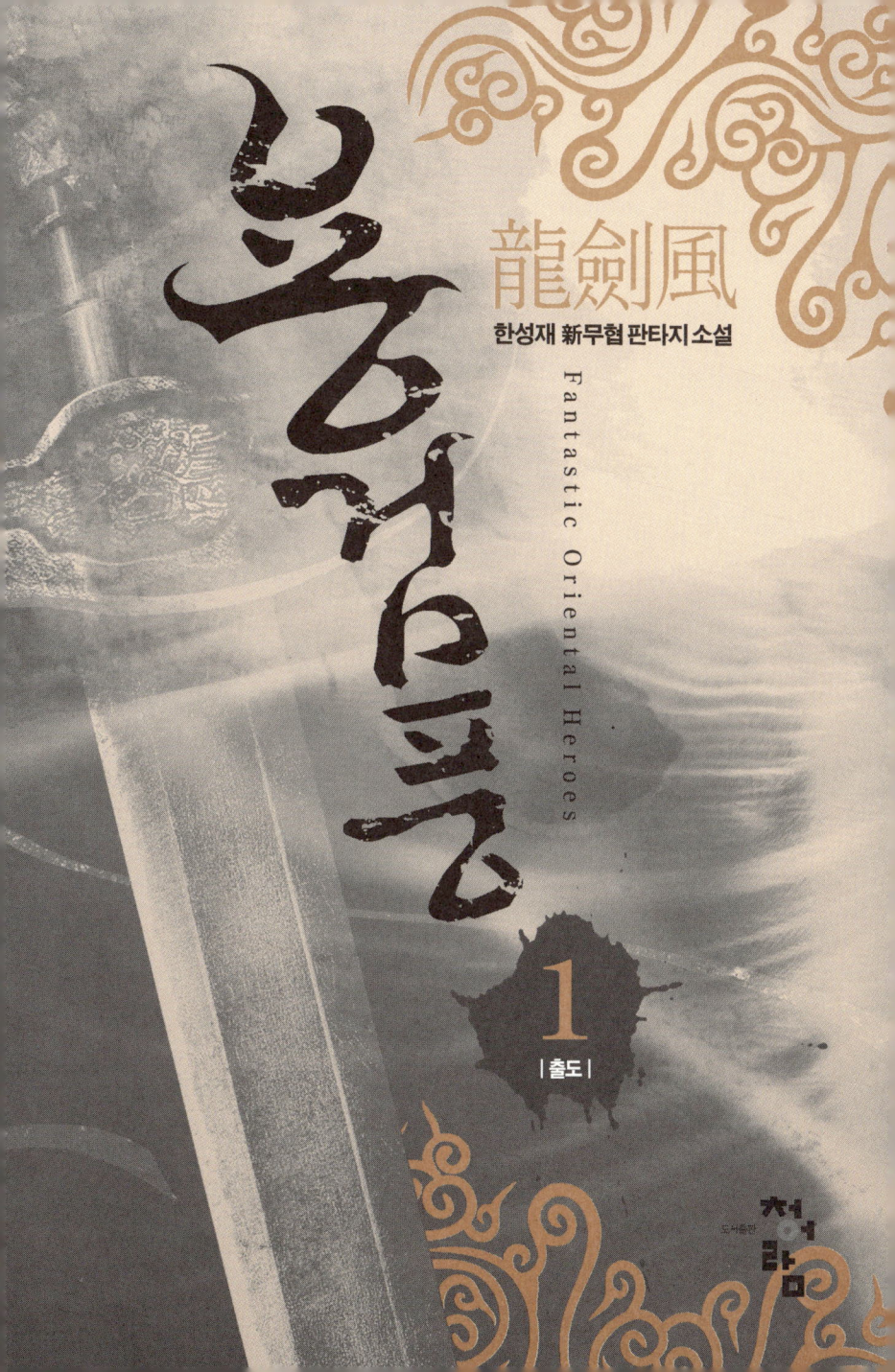

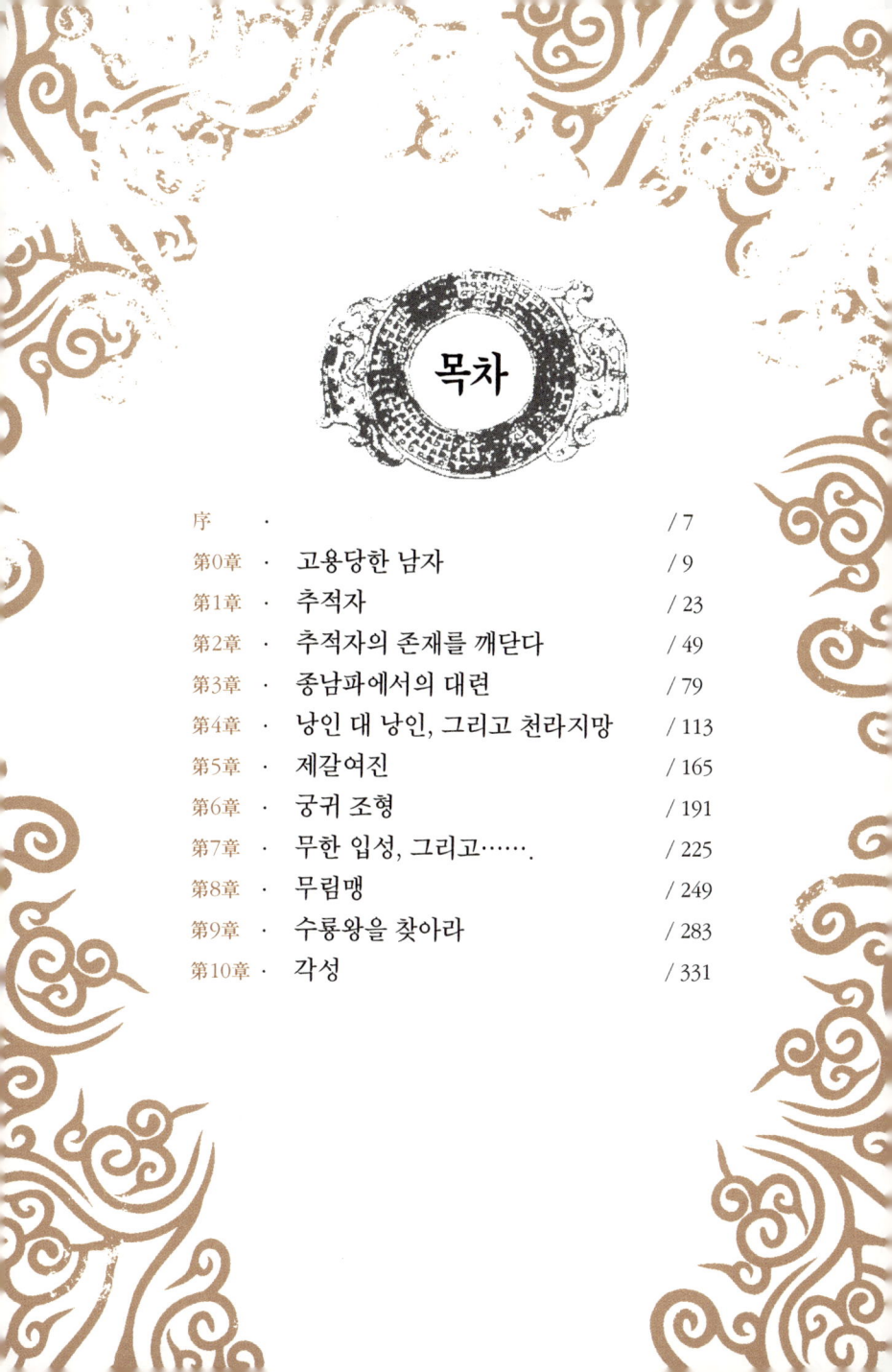

목차

序

시커먼 하늘. 달빛조차 가린 먹구름.

한 치 앞도 보이지 않는 어둠 속.

사박… 사박.

모래를 밟는 무거운 발걸음 소리가 규칙적으로 울렸다.

어둠을 뚫고 걸어나오는 사내의 표정은 무뚝뚝하게 굳어져
있었다.

그는 모래산을 걸어 올라가고 있었다.

번들거리는 눈동자가 어둠 속에서 빛을 발하고 있다.

꽉.

사내는 발걸음을 멈췄다.

모래산의 정상이다.

번쩍!

순간 번개가 치며 사방이 밝아졌다.

그리고 드러난 광경!

사내의 양옆으로 끝없이 도열해 있는 무사들이었다. 그들의 시선이 향한 곳은 오직 한곳, 사내의 등이었다.

그것도 잠시였다. 번개가 잦아들자 그들의 모습이 어둠 속으로 사라졌다.

"모래폭풍이 오는가?"

조금씩 바람이 강해졌다. 입과 코를 타고 들어오는 까칠한 모래가 그 증거다.

"다녀오마."

사내는 멈췄던 걸음을 옮겼다.

고용당한 남자

龍
劍風

야금야금.

한 입씩 야금야금 만두를 베어 먹던 사내는 고개를 들었다. 어지러운 발걸음 소리가 들렸기 때문이다.

탁탁탁!

한 여인이 달려오고 있었다. 다급한 얼굴은 공포에 질려 있었다.

사내가 고개를 갸웃거리다가 중얼거렸다.

"여기로… 오는 것……."

휘익!

"…이 아니라 그냥 지나갔군."

사내는 잠시 고개를 돌려 멀어져 가는 여인의 뒷모습을 빤히 쳐다보다가 어깨를 으쓱하고는 만두를 입가에 가져다 댔다.

그리고 얼마나 지났을까.

우르르!

방금 전 지나쳤던 여인이 왔던 방향에서 한 무리의 복면인이 달려왔다.

언뜻 보기에도 엄청난 살기를 뿜어내고 있었지만 사내는 아랑곳하지 않은 채 만두를 먹는 것에 온통 신경이 쏠려 있었다.

"이봐."

하지만 복면인 쪽에서는 사내에게 관심이 있었다. 무리 중 맨 선두에 선 복면인이 사내에게 다가왔다.

"계집 하나 못 봤나?"

오물오물.

"이봐."

오물오물.

복면인의 물음에도 불구하고 사내는 연신 입을 오물거리며 만두의 맛을 음미하기에 바빴다.

복면인의 인상이 굳어졌다.

"패."

뒤에 서 있던 수하 한 명이 앞으로 뚜벅뚜벅 걸어나오더니 사내에게 발길질을 했다.

탁!

사내는 두 발로 땅을 박차며 뒤로 훌쩍 한 바퀴를 돌아 무식

하기 그지없는 발길질을 피했다.

그러나,

툭!

사내의 손에서 만두소는 떨어지고 만두피만 남았다. 그는 텅 빈 만두피를 멍한 표정으로 바라보다가 조그만 목소리로 중얼거렸다.

"내 만두……."

"어? 이놈 봐라?"

애꿎은 허공에 발길질을 한 복면인이 당혹스러운 표정을 짓다가 얼굴을 붉혔다. 부끄러웠던 탓이다.

"이 자식이!"

복면인이 사내를 향해 살기를 흩뿌리는 순간이었다.

뿌악!

복면인의 얼굴이 순식간에 사라졌고, 그 모습을 지켜보던 동료들의 눈이 한순간 커졌다.

털썩.

바닥에 두 무릎을 꿇은 복면인의 눈동자가 뒤집히며 꼬꾸라 졌다.

"……!"

복면인들은 당혹스러운 표정으로 사내를 바라보다가 외쳤다.

"계집의 동료인가?!"

"그런 보고는 듣지 못했는……."

빡!

물음에 대답을 채 끝마치기도 전에 키가 큰 복면인이 뒤로 쭉 날아가 길가에 서 있는 커다란 나무에 부딪쳤다.

쿠웅!

집채만 한 나무가 흔들리며 나뭇가지에 달려 있던 나뭇잎이 우수수 떨어졌다.

휘이이!

그 순간 한줄기 거센 광풍이 휘몰아치자 나뭇잎이 미친 듯이 흩날리며 사내와 복면인들 주위로 떨어져 내렸다.

꿀꺽.

침이 절로 삼켜졌다. 실로 어마어마한 위력 때문이었다. 사내는 주먹을 움켜쥐며 옆으로 한 걸음을 내디뎠다.

사박.

사내의 발에 밟힌 나뭇잎이 바스러지는 소리를 냈다. 그 모습을 바라보며 경계 자세를 취하던 복면인 중 덩치가 큰 사내가 입술을 꽉 깨물었다.

'내력은 느껴지지 않아.'

그럼에도 불구하고 저런 어마어마한 힘이라면 한 가지뿐이다.

외공의 고수다. 그것도 어마어마한.

"이익!"

그 순간 동료들이 사내를 향해 몸을 날렸다. 복면인이 눈을 크게 치켜뜨며 외쳤다.

"모두 조심해!"

마음이 다급해졌다.

"외."

빡!

"공."

빠박! 쾅!

"고."

우직! 퍼벅!

"수."

쾅! 뻐버벅! 콰직!

"…다."

제일 키가 큰 복면인의 외침이 끝났을 무렵, 동료들은 모두 바닥에 널브러져 있었다.

"아, 아……."

복면인은 공포에 질린 표정으로 주먹을 쥐고 있는 사내를 바라보았다. 동료들은 반격조차 해보지 못하고 당해 버렸다.

이제 남은 것은 자신뿐.

"칫!"

순간 복면인이 온몸의 내력을 짜내어 땅을 박찼다.

투우웅!

복면인의 몸이 활처럼 휘어지며 뒤로 쭉 빠져나갔다. 궁신 탄영(弓身彈影)의 수법이었다.

지금으로서는 도망치는 것 외에는 별다른 수가 없었다. 더욱이 상대는 외공의 고수.

복면인과 사내의 거리가 순식간에 십여 장이나 떨어졌다.

'이 정도면 되었다.'

복면인은 황급히 몸을 돌려 달려가기 시작했다.

"호오?"

사내는 그 모습을 바라보다가 발치에 구르고 있는 조그만 돌멩이를 발견하고는 냅다 후려 찼다.

열심히 사내와의 거리를 벌려가던 복면인의 등, 정확히 말하자면 척추에 돌멩이가 작렬했다.

까드득 하는 소리와 함께 복면인이 바닥에 널브러졌다. 한순간 척추가 부러진 탓이었다.

사내는 그 모습을 바라보다가 쪼그리고 앉았다.

엉망으로 바스러진 만두소가 보였다. 사내는 이곳에서 한 발자국도 움직이지 않은 채 적을 모조리 쓰러뜨린 셈이었다.

사내는 살며시 손을 뻗었다. 그의 손끝이 만두소에 가까워졌다 멀어졌다.

"으음."

침음성을 흘리는 사내의 얼굴은 고민으로 얼룩져 있었다.

'집어먹을까, 말까?'

바스락.

때마침 길옆 풀숲이 들썩였다. 사내는 재빨리 손을 거두며 몸을 일으켰다.

"나오시오."

사내의 말에 여인이 모습을 드러냈다.

"에… 들켰네요?"

여인은 머쓱한 표정으로 머리를 긁적였다. 사내가 굳은 표정으로 말문을 열었다.

"언제부터 지켜본 거요?"

"처음부터요. 당신, 강하데요?"

여인은 과장스런 표정으로 사내에게 시선을 주다가 빙그레 웃었다.

"여행 중인가요?"

사내는 가볍게 고개를 끄덕였다.

"그렇소."

사내의 퉁명스런 물음에 여인은 허리춤에 양손을 얹으며 크게 고개를 끄덕였다.

"좋아, 당신으로 정했어요."

"……?"

"혹시 돈 벌어볼 생각 없어요?"

갑작스런 제안에 사내가 영문을 모르겠다는 표정으로 고개를 갸웃거렸다.

"돈?"

"짭짤한 돈벌이가 있는데."

여인은 배시시 웃었다. 그리고 품을 뒤적이더니 자그마한 가죽 주머니를 꺼내 들었다.

"백 냥이면 어때요?"

"뭘 말이오?"

"당신을 고용하는 데 드는 비용 말이에요."

어이가 없었다.

"무슨 소리를 하는 거요?"

"고용되어 주겠어요?"

사내의 의사 따위는 필요없다는 듯 무조건 자신의 목적만 말할 뿐이었다.

"할래요, 말래요? 나 이래 봬도 꽤 통이 큰 여자라고요."

그리고는 짐짓 가죽 주머니를 흔들어 보이기까지 한다.

사내가 어이없다는 표정을 지을 무렵이었다. 여인이 갑자기 돈이 든 가죽 주머니를 던졌다.

사내가 반사적으로 받아 들자 여인이 의미심장한 미소를 지었다.

"받았죠?"

"어?"

"받았잖아요?"

"허어!"

허탈한 음성밖에 터져 나오지 않았다. 여인은 '배 째!' 라는 표정으로 고개를 살짝 치켜 올렸다.

"호위해 줘요."

"어이가 없군."

사내가 고개를 설레설레 저을 무렵이었다.

"무한까지."

여인이 말을 끝맺음과 동시에 사내의 눈썹이 꿈틀거렸다.

'무한이라……'

사내는 팔짱을 꼈다.

"공교롭군."

"예?"

사내의 중얼거림에 여인이 눈을 깜박이며 물어왔다. 사내는 가볍게 한숨을 내쉬더니 고개를 끄덕였다.

"무한이라면… 좋소."

허락의 뜻이었다. 여인은 당연히 그래야지 하는 표정으로 웃었다.

"그 주머니에는 스무 냥이 들어 있어요. 일단 착수금이죠. 잔금은 가서 드릴게요."

"알겠소."

사내가 고개를 끄덕이자 여인이 흡족한 미소를 지으며 자신을 소개했다.

"내 이름은 해월령이에요."

"적연이오."

적연의 대답에 여인 해월령은 고개를 끄덕이다가 손벽을 탁 치며 물어왔다.

"그런데 왜 싸운 거예요? 당신과는 상관없잖아요."

해월령이 궁금한 것은 당연했다.

"하아……."

적연은 괴로운 표정을 지으며 한숨을 내쉴 뿐 대답하지 않았다.

*　　*　　*

"혈사대원 전원 사망. 이상입니다."

학사모를 쓴 사내가 죽간을 접으며 보고를 끝냈다.

"흐음……."

대전의에 앉아 있던 그는 낮은 침음성을 흘렸다.

"죄, 죄송합니다."

학사모를 쓴 사내가 식은땀을 흘리며 바닥에 이마를 찧었다. 그는 무심한 표정으로 바라보다가 물었다.

"해월령 그 계집은 그렇다 치고, 정체불명의 그놈은 뭐야?"

"그, 그것이… 지금도 파악 중입니다."

학사모사내의 말에 그는 턱가를 매만지며 침음성을 삼켰다.

"누가 파악 중인가?"

그의 물음에 학사모사내의 이마에 식은땀이 맺혔다.

"그, 그것이 말입니다."

"말해."

"미친개라고 하던데……."

"별호 한번 별난 놈이군. 보고가 들어오는 대로 알려."

"예."

그는 잠시 고개를 갸웃거렸다. 왠지 학사모사내의 어조가 불안해 보였기 때문이다.

"무슨 걱정거리라도 있나?"

"아, 아닙니다!"

학사모사내가 황급히 대답하자 그는 인상을 찡그리더니 귀찮다는 표정으로 손을 내저었다.

"나가봐."

"복명!"

학사모사내는 포권지례를 취한 뒤 문밖으로 나왔다.

"후우……."

한숨이 흘러나왔고, 얼굴에는 짙은 근심이 서려 있었다.

그 어떤 이유도 아닌, 미친개란 별호를 가진 추적자 때문이었다.

第一章

추적자

龍
劍風

나뭇가에 기대앉아 잠을 청하던 해월령은 옆에 앉아 있는 적연에게 말을 걸었다.

"궁금하지 않아요?"

"뭐가 말이오?"

"어째서 쫓기고 있는 거냐, 이런 것 말이에요."

"그럴 필요가 있소?"

"뭐, 굳이 그렇지는 않지만."

해월령은 머쓱한 표정을 짓다가 양팔로 어깨를 감싸며 주위를 살폈다. 밤바람이 추웠기 때문이다.

"불 좀 피우면 안 돼요?"

"적에게 위치를 알리고 싶다면야 마음대로 하시오."

"아, 그렇군요."

이치에 맞는 말이었지만 왠지 기분이 나빠졌다.

"언제나 말투가 그런 식인가요?"

적연은 해월령을 멀뚱히 쳐다보았다.

"그렇잖아요. 왠지 비꼬는 것 같은 말투 말이에요."

"상관없잖소?"

"상관있어요."

해월령은 뾰로통한 표정을 지었다.

"내가 기분 나쁘니까."

"내 알 바는 아니지."

"고용주라고요."

"그렇군."

적연은 가볍게 고개를 끄덕였다.

하지만 그뿐이었다.

"쳇."

결국 여인은 뚱한 표정으로 투덜거리다가 화제를 적연 쪽으로 돌렸다.

"당신 집은 어디예요?"

"……."

"나, 고용주라고요."

"대막."

"대막?"

해월령은 턱 주위를 손으로 매만졌다.

"멀리서 오셨군요."

해월령이 뭐라 말을 걸든 적연은 품에서 육포를 꺼내 베어 물고는 질겅거렸다. 해월령은 포기하지 않았다.

"당신도 무한에 가는 거죠?"

"……."

"정말이지, 인연이 있나 봐요, 우리는. 목적지도 같으니까. 그죠?"

"……."

"무한에는 무슨 일로 가요?"

멈칫.

육포를 담은 주머니 쪽으로 다가가던 적연의 손이 멈췄다가 다시금 움직였다.

"말하기 싫은가 보네?"

해월령은 볼을 살짝 부풀리다가 적연을 바라보며 심드렁한 표정으로 입을 열었다.

"당신, 엄청 무뚝뚝한 거 알아요?"

해월령이 눈살을 찌푸리며 뾰로통하게 말했다.

"……."

여전히 대답이 없다.

"이봐요, 사람이 말을 하면 좀 듣는 척이라도 해요."

그제야 적연이 해월령을 빤히 처다보았다.

"그렇게 뚫어져라 처다볼 필요는 없는데……."

"듣는 척이라도 하라기에."

"……."

해월령은 고개를 설레설레 내저었다. 너무 황당했기 때문이다. 하지만 포기할 수는 없다.

"어차피 무한까지는 석 달도 넘는 거리예요. 원활한 여행을 위해 우리의 관계가 돈독해져야겠다는 생각 안 해요?"

"전혀."

"나 고용주라니까요?"

"알겠소."

적연은 선선히 고개를 끄덕이며 굳어져 있던 얼굴 표정을 풀었지만 해월령을 빤히 쳐다볼 뿐 입은 열지 않았다.

"됐어요, 됐어."

황하 상류 하서회랑(河西回廊)의 동쪽에 위치한 난주는 감숙의 성도였다.

"좋다."

해월령은 미소를 지으며 난주 거리를 거닐고 있었다.

두 사람이 난주에 들어온 것은 어제저녁이었다.

허겁지겁 객점을 잡고 식사를 한 뒤 휴식을 취하고 거리 구경을 나섰다.

적연은 그 모습을 바라보며 한숨을 내쉬었다.

별로 마땅치 않았기 때문이다. 특히 이런 사람이 많은 곳에서는 더욱 그렇다.

아무래도 해월령을 보호하는 데 있어 까다로울 수밖에 없었다.

적연이 이런저런 생각을 하는 와중에도 해월령은 활달한 표정으로 이곳저곳을 구경했다.

그리고 두 사람을 바라보는 시선 하나.

"흐음."

짧은 침음성과 함께 죽립인이 턱을 괴었다.

"저들인가?"

위에서 받은 보고서에 의하면 저 두 남녀가 분명했다. 죽립인은 여태껏 웃고 있는 해월령에게 시선을 주었다.

"해월령이겠고……."

이번에는 꼬치를 오물거리는 적연에게 시선을 돌렸다.

"저놈이 혈사대를 전멸시킨 놈이군."

왠지 느낌이 모호했다. 고수다운 예기가 느껴지지 않았기 때문이다.

"한번 부딪쳐 보면 알겠지."

죽립인의 입가에 슬그머니 미소가 머금어졌다.

"재미있게 해줬으면 좋겠어, 친구."

좀처럼 움직이지 않던 윗대가리들이 자신을 호출했다. 그만큼 상황이 좋지 않았고, 상대를 인정했다는 뜻이다.

"음?"

죽립인의 어깨가 한차례 흔들렸다. 적연이 갑작스럽게 자신 쪽으로 고개를 돌렸기 때문이다. 아니, 정확히 말하자면 죽립인 한 사람이 아닌 그가 자리 잡고 있는 음식점 쪽을 향하고 있었다.

"감이 좋은 사내군."

적연과의 거리는 족히 삼십여 장이 넘었다. 더욱이 사람들 틈바구니 속에서 기척을 숨겼음에도 무언가 이상한 낌새를 눈치 챈 것이다.

"뭐 해요?"

해월령은 그런 적연을 이끌며 걸음을 옮겼다.

적연은 못내 찜찜한 표정으로 다시 한차례 죽립인이 앉아 있는 음식점 쪽을 힐끗 바라보다가 걸음을 옮겼다.

"아깝군."

그 모습을 처음부터 끝까지 바라보던 죽립인은 슬그머니 미소를 지으며 몸을 일으켰다. 결과적으로 들키지 않았으니 됐다.

이제는 조심히 그들의 뒤를 밟아야 한다. 그리고 조금의 틈이라도 생기면 지체없이 임무를 수행할 것이다.

"어디, 가볼까?"

그리고 음식점을 막 나설 무렵이었다.

"저기요?"

문득 들려온 소리에 고개를 돌려보니 점소이가 어색한 미소를 지은 채 죽립인을 바라보고 있었다.

"검 놓고 가셨는데요?"

"……."

죽립인의 별호는 미친개였다.

객점의 자신의 방으로 돌아온 적연은 침상에 앉으며 침음성을 흘렸다.

시장에서 느꼈던 이상한 느낌.

너무도 미약한, 그리고 찰나였기에 불확실했다.

불길하다. 왠지 골치가 아파질 것 같은 예감이 든다.

"쯧."

적연은 혀를 차며 탁자 위에 놓인 찻잔을 들었다. 지나간 일에 너무 집착할 필요는 없다. 얼마 전 해월령에게 말했다시피 막아서는 적은 베어버리면 그만이다.

똑똑.

그때 방문 두들기는 소리에 적연이 고개를 갸웃거리며 몸을 일으켰다.

"누구?"

"저녁 시간입니다."

저녁 식사 시간임을 알리러 온 점소이였다.

적연이 문을 열자 점소이가 미소를 지은 채 서 있었다.

"주문하실 것 있으십니까?"

"주문?"

"예. 지금 제게 주문을 해놓으시면 미리 주방에 말해놓겠습니다."

적연은 고개를 끄덕였다.

"무엇을 준비해 놓으라 이를까요?"

적연은 더 볼 것도 없다는 듯한 표정으로 대답했다.

"고기만두랑 꼬치구이."

"알겠습니다. 준비해 놓겠습니다."

점소이가 주문 사항을 입으로 되뇌며 일층으로 내려갔다. 적연은 그 모습을 바라보며 배시시 미소를 지었다.

땅바닥에 닿을 듯 말 듯 닿아 있는 콧구멍이 씰룩이고 있었다.

킁킁!

"엄마! 엄마! 저 사람!"

어미와 함께 걸어가던 한 아이의 목소리가 들려왔다.

"쉿!"

여인은 황급히 자신의 아이를 잡아 이끌며 말했다.

"미친 사람이야."

"미친 사람?"

"이리 와. 빨리 가자."

그리고 아이를 이끌고 종종걸음으로 황급히 그 자리를 벗어났다. 그리고 아이의 흥미를 이끈 죽립인 미친개는 전혀 개의치 않는 표정으로 바닥에 엎드린 채 코를 킁킁거리며 앞으로 나아갔다.

"꺄악! 이 변태!"

짝!

미친개는 자신의 뺨을 부여잡은 채 씩씩거리며 걸어가는 여인의 뒷모습을 멀뚱히 쳐다보았다.

적연과 해월령의 체취를 찾는 데 집중하며 기어가다 공교롭게도 여인의 치마 안쪽으로 얼굴을 들이밀고 말았다.

"…너, 운 좋았다."

미친개는 자신의 뺨을 어루만지며 중얼거렸다. 그리고 다시금 땅바닥에 얼굴을 처박더니 코를 킁킁거리며 기기 시작했다.

"음?"

그리고 어느 순간 눈이 동그랗게 떠졌다.

'찾았다.'

미친개는 천천히 몸을 일으켰다. 꼿꼿하게 펴진 허리와 떡 벌어진 어깨, 그리고 굳게 다문 입술은 같은 사람이라고 생각할 수 없을 정도로 딴판이었다.

저벅저벅.

그는 눈을 번들거리며 걷기 시작했다.

하지만 이내 걸음이 멈춰졌다. 미친개는 가만히 고개를 들어보았다.

신호루.

요상망측한 이름의 객점 안으로 흔적이 이어지고 있었다.

"저기로군."

미친개의 입가에 미소가 머금어졌다.

때마침 문 안쪽엔 이층에서 걸어 내려오는 적연의 모습이 시선에 들어왔다. 그리고 얼마 지나지 않아 해월령이 뒤따라 내려왔다.

'날 알아차리지 못했군.'

창가 쪽에 자리를 잡고 앉은 적연과 해월령은 대화를 주고받을 뿐이었다.

그리고 그 시각, 해월령이 적연을 바라보며 물었다.

"음식 나왔어요?"

"아직이오."

"배고픈데."

해월령은 자신의 배를 매만지며 투덜거렸다.

"곧 나올……."

적연의 말이 중간에 멈춰졌다.

'또다.'

시장터에서 느꼈던 시선. 이쯤 되면 확신할 수 있었다. 누군가 자신과 해월령을 감시하고 있다.

적연은 조용히 오감을 집중하며 주위를 헤아리다가 들고 있던 나무젓가락 한 짝을 날렸다.

피웅! 퍼억!

나무젓가락이 사람들 사이를 절묘하게 지나 들어오는 문 옆의 벽에 오분지 사 이상 틀어박혔다.

적연은 벌떡 몸을 일으켜 문 쪽으로 걸어가 밖을 내다보았다.

아무도 없었다. 적연은 한숨을 쉬며 고개를 설레설레 저었다.

적연은 틀어박힌 젓가락을 뽑아내고는 자리로 돌아오려 했다. 하지만 점소이가 앞을 가로막은 채 손을 내밀고 있었다.

"뭔가?"

"수리비 한 냥입니다."

겁에 질린 표정이지만 굳게 다문 입술에서 결연한 의지가 느껴졌다. 적연은 슬그머니 웃으며 다시금 젓가락을 구멍난 벽에 밀어 넣었다. 그리곤 삐져 나온 부분을 검으로 깔끔하게 베어 뒷마무리를 했다.

"완벽하게 메워졌지? 칠만 하면 돼."

"……."

한순간 점소이의 주먹이 쥐어졌다. 하지만 이내 슬그머니 풀며 배시시 웃었다.

"그, 그렇네요. 아하하하!"

"후후후!"

점소이와 적연은 서로를 바라보며 멀뚱한 웃음을 터뜨렸다. 해월령은 턱을 괸 채 그 모습을 바라보다가 무심한 어조로 중얼거렸다.

"바보들."

객점의 지붕.

미친개는 지붕 위에 앉아 동그랗게 떠진 눈을 끔벅였다. 한 손은 자신의 가슴 부위에 가져다 댄 채였다.

그렇게 얼마나 시간이 지났을까. 굳게 닫혀 있던 미친개의 입이 벌어졌다.

"하아!"

손바닥에 느껴지는 심장의 박동은 말 그대로 질주하는 야생

마와 같았다.

"놀래라. 애 떨어질 뻔했네."

허를 찌르는 절묘한 한 수와 망설임없는 판단력, 그리고 동물적이라고밖에 표현할 수 없는 감각으로 보아 상상했던 것 이상의 수준에 이른 무인이 분명했다.

"와, 나쁜 놈들. 저런 놈을 죽이라고? 빌어먹을 놈들."

미친개는 참을 수 없다는 듯 품에서 조그만 종이를 꺼내 무언가 써 내려가기 시작했다.

*　　　*　　　*

삑삑!

그는 창가에 선 비둘기를 바라보며 고개를 갸웃거렸다.

"저것은?"

가는 다리에 달려 있는 쪽지로 보아 전서구였다. 보통 그에게 직접 오는 경우는 없었기 때문이다.

"흐음……."

그가 손을 들자 기다렸다는 듯이 비둘기가 사뿐히 날아 팔에 앉았다.

"그래, 착하다."

그는 손가락으로 가볍게 전서구의 머리를 쓰다듬어 준 후 다리에 달린 서신을 끌러 펼쳤다.

꿈틀.

그리고 그의 눈썹이 꿈틀거렸다.

와작!

그는 서신을 구겨 버리며 바깥을 향해 외쳤다.

"총관 불러와!"

삑!

갑작스런 괴성에 놀란 전서구가 그의 팔에서 떨어져 창문 밖으로 날아갔다.

그리고 잠시 후, 바깥에서 빠른 발걸음 소리가 들리더니 학사모를 쓴 사내가 들어왔다.

"부르셨습니까?"

"저거 읽어봐."

그가 가리킨 것은 구겨진 채 바닥을 뒹굴고 있는 서신이었다. 학사모사내는 황급히 그것을 집어 들고 펼쳤다.

미친개가 보낸 서신의 내용은 참으로 간단하면서도 직접적이었다.

나 안 해.

"······."

학사모사내는 잠시 동안 말을 하지 못했다.

그는 턱을 괸 채 눈을 번들거리다가 물었다.

"오만하기 짝이 없는 서신을 보낸 놈은 뭐야?"

"미친개라고······."

그는 가볍게 고개를 끄덕였다.

"그건 알고 있어. 하지만 이 건방진 녀석에 대해 내가 아는 것이 없지. 뭐 하는 놈이야?"

"들어온 지 얼마 되지 않은 신입입니다."

"그게 말이 되는 소린가?"

이 정도 되는 일에 들어온 지 얼마 되지 않은 신입을 투입하다니.

"그만한 인물이 없었습니다. 게다가……."

"게다가 뭐?!"

"무림이괴 형제를 단신으로 처리한 자입니다."

"무림이괴를?"

그의 눈이 크게 치켜떠졌다. 무림이괴가 누구던가. 근 십 년 동안 남무림을 주름잡던 극강의 고수들이다.

"그게 정말인가?"

그 정도 되는 인물이라니 할 말이 없었다.

"하지만 너무 건방지지 않은가."

"달리 이 일을 처리할 만한 자도 없습니다."

"안 한다고 서신을 보내왔잖아."

그의 말에 학사모사내의 입가에 희미한 미소가 머금어졌다.

"진짜로 안 한다는 뜻은 아닐 겁니다."

"……."

"저에게 맡겨주십시오."

학사모사내의 얼굴에는 자신감이 엿보였다. 그는 고개를 끄덕였다.

"알아서 처리해."

"예."

학사모사내는 고개를 끄덕였다.

다음날 아침, 미친개는 서신을 받아 들고 안의 내용을 살폈다.

추가 수당을 지급하지.

미친개의 눈이 격하게 흔들렸다.

"으음……."

미친개는 고민하고 있었다.

위험을 감수하고 수당 두 배를 택할 것인가. 그때 서신 밑에 적혀 있는 글자가 눈에 들어왔다.

두 배로.

"이러면 이야기가 달라지지."

미친개가 헤벌쭉 미소를 지었다.

"그건 그렇고, 지금 몇 시야?"

마음을 다잡은 미친개가 나뭇잎 바깥으로 얼굴을 내밀었다. 해가 창창하게 내리쬐고 있었다.

"음?"

미친개의 눈이 크게 치켜떠졌다.

"늦잠 잤다."

우수수!

이윽고 나무가 들썩이더니 미친개가 허공으로 튀어 올랐다.

멀지 않은 거리에 적연과 해월령이 묵었던 신호루가 보였다. 하지만 점소이에게 들은 대답은 절망 그 자체였다.

"떠나신 지 한 시진가량 되었을 겁니다. 그런데 그것은 왜?"

이미 늦었다.

"아아……."

미친개는 망연자실한 표정을 지었다.

"저, 저기, 괜찮으세요?"

"하아."

미친개는 한숨을 내쉬었다. 이미 벌어진 일이다. 시간을 되돌릴 수는 없지 않은가.

정말 하기 싫지만 이제는 어쩔 수 없다.

미친개는 옆구리에 들고 있던 죽립을 얼굴에 눌러썼다. 그리고 객점 문을 나서기가 무섭게 바닥에 코를 대고 킁킁거리기 시작했다.

"꺄악! 이 변태! 또 너냐?"

짝!

"……."

미친개는 빨갛게 부어오른 뺨을 부여잡고 다시금 바닥에 코를 들이밀었다. 지금은 그런 것을 따질 시간이 없었기 때문이다.

한참 동안의 사투 끝에 적연과 해월령의 체취를 찾은 미친개는 몸을 일으켰다.

"으음, 좋아."

이제는 거칠 것이 없다. 남은 것은 그 두 사람을 추적하는 것뿐이다.

"기다려라."

미친개는 진기를 끌어올리고는 단번에 땅을 박차고 앞으로 나아갔다.

씨앙! 펄럭!

"꺄악!"

미친개가 일으킨 바람에 애꿎은 경장여인의 치마가 위로 홀러덩 올라갔다. 그에 따라 은밀한 부위를 감싸고 있던 속옷이 만천하에 드러나는 참사를 빚고 말았다.

"으앙! 또 저 새끼야!"

경장여인은 어린아이처럼 눈물을 뚝뚝 흘리며 울부짖었다.

어제의 그 여인이었다.

단번에 난주를 빠져나온 미친개는 속도를 멈추고는 신중을 기해 두 사람의 체취를 따라 걷기 시작했다.

그렇게 얼마나 걸었을까. 미친개는 쪼그리고 앉아 바닥에 찍힌 두 쌍의 족적을 바라보았다.

폭과 길이, 그리고 파인 깊이로 보아 남자와 여자다. 일정한
길이의 보폭으로 보아 적연과 해월령이 분명했다.

'파인 자국으로 봐서는 채 한 시진이 안 됐어.'

둘은 유유자적 걷고 있었다.

목적지는……

뚝.

"어?"

미친개는 자신의 손등 위로 떨어진 물기를 바라보다가 고개
를 들었다. 청명하던 하늘을 먹구름이 가리고 있었다.

'설마?'

후두둑!

그리고 잠시 후 비가 쏟아지기 시작했다.

쏴아아!

처음에는 한두 방울이던 빗방울은 양동이로 들이붓듯 땅을
때리기 시작했다.

"어어?"

미약하게 코에 느껴지던 적연과 해월령의 체취가 사라졌다.
엎친 데 덮친 격으로 바닥에 찍혀 있던 족적마저 쏟아지는 빗
줄기에 바닥이 흙탕물로 변해 사라지고 말았다.

"……"

미친개는 쪼그리고 앉아 적연과 해월령의 족적이 남겨져 있
는 부근을 바라보았다. 비가 너무 세차게 내려 알아볼 수가 없
었다.

추적하기 위한 흔적들이 사라져 버렸다.

"제기랄! 뭣 같네."

늦잠만 자지 않았어도 이런 일은 없었을 것이라 자책했다. 하지만 이미 엎질러진 물이었다.

"가자. 가는 거야."

미친개는 억지웃음을 흘리며 걸음을 옮겼지만 그마저도 여의치가 않게 되었다.

두 갈래의 갈림길이 미친개의 발걸음을 멈추게 만들었다.

"이건 또 뭐야?"

일이 꼬이려는 모양이다. 미친개는 오만상을 찌푸리며 땅이 꺼져라 한숨을 내쉬었다.

"그것을 써야 하는가?"

이것저것 따질 상황이 아니다. 일단 임무를 맡았으니 완수를 해야 한다.

"먹고살기 힘드네."

이내 마음을 다잡은 미친개는 손을 내밀고 혀끝에 힘을 주어 뱉어냈다.

"퉤!"

침이 손바닥 위로 떨어졌다.

"……."

미친개는 눈을 지그시 감으며 두 손가락을 모아 내려쳤다.

탁!

손바닥 위에 걸쭉하게 눌어붙어 있던 침이 공중으로 튀어

올라 아름다운 궤적을 그리며 떨어졌다.

왼쪽 방향이었다.

"이곳이군!"

미친개는 눈을 빛내며 침이 떨어진 반대쪽 방향으로 내달렸다.

이런 방법으로 찍을 경우 느낌이 틀리는 경우가 많다. 그것은 풍부한 경험을 통계 삼아 미친개가 내린 결론이었다.

다시 말하자면 한두 번 겪은 일이 아니라는 소리이기도 했다.

"웬 비람?"

해월령은 우산을 펴며 투덜거렸지만 이내 입가에 미소를 머금었다. 비 내리는 풍경에서 은은한 운치가 느껴졌기 때문이다.

"좋네요."

적연은 대답이 없었다. 해월령은 입술을 삐죽였다.

"어제부터 왜 그래요?"

"뭐가 말이오?"

"왠지 예민하잖아요."

적연은 가볍게 한숨을 내쉬었다. 그럴 수밖에 없는 상황이 아니던가. 분명히 누군가에게 감시당하고 있다.

그럼에도 아무런 흔적조차 찾지 못하고 있으니 답답한 마음이 안 들 수가 없었다.

"무슨 생각을 하는지는 모르겠지만 고민해 봐야 방도가 없 잖아요? 그럴 때는 그러려니 하고 넘겨요."

"그건 당신이나 그럴 수 있는 거고."

"뭐예요?"

해월령의 두 눈썹이 위로 치켜 올라갔다. 적연은 짐짓 고개 를 돌리며 외면해 버렸다.

"듣고 있어요?"

"아니."

"정말 최저라니까."

해월령의 투덜거림에 적연은 씁쓸한 미소를 머금었다.

미친개는 고개를 갸웃거리며 사방을 둘러싼 산봉우리를 바 라보았다.

"여긴 어디지?"

모르겠다.

"이 길이 아니었나?"

무책임하게 중얼거리며 미친개는 그 자리에 쪼그리고 앉아 무언가를 적기 시작했다.

＊　　　＊　　　＊

이틀 후.

푸드득!

"음?"

점심 식사를 마친 뒤 고상하고 우아하게 연초를 태우던 그는 고개를 갸웃거리며 창문에 내려앉은 비둘기를 바라보았다.

"저 녀석은?"

분명 미친개 전용의 전서구였다.

'저 녀석은 왜 꼭 내 방으로만 들어오는 걸까?' 하며 자잘한 불만거리를 투덜거리던 그는 한숨을 내쉬었다. 펴보지 않을 수 없지 않은가.

"……."

왠지 불안한 마음을 억누르며 다리에 달린 쪽지를 풀어 내용을 들여다보던 그의 몸이 조금씩 떨리기 시작했다.

"총관!"

처음의 떨림은 미약했으나 그 끝은 장대했다.

우당탕!

때마침 보고차 걸어오던 학사모사내 총관은 대전 안에서 들려온 찢어질 듯한 고함 소리에 헐레벌떡 뛰어들어 갔다.

탁!

대전 안으로 들어가기가 무섭게 얼굴을 때린 것은 종이 쪼가리였다. 그리고 씩씩거리고 있는 그가 보였다.

"무, 무슨 일이십니까?"

총관은 황망한 표정을 지을 수밖에 없었다.

구구구.

그때 들려온 새의 울음소리에 총관이 고개를 들었다.

"저 새는……?"

"그거나 읽어보시지."

총관은 황급히 구겨진 채 자신의 발아래 떨어진 서신을 집어 들어 읽었다.

여기가 어딘지 모르겠어.

사방이 산으로 둘러싸여 있고, 계곡이 있어.

"허!"

허탈한 음성이 터져 나왔다. 이 설명은 무엇이란 말인가? 사방이 산으로 둘러싸여 있고, 계곡이 있다. 하지만 마지막 말이 더욱 기가 막혔다.

나 좀 찾아주면 안 될까?

와락!

총관 역시 저도 모르게 서신을 구겨 버렸다.

*   *   *

그 시각, 미친개는 지나가는 우마차를 끌고 가던 노인을 붙잡고 물었다.

"여기가 어디요?"

"당산골이외다."

"감숙성이오?"

노인은 고개를 내저었다.

"청해성인데?"

"……."

청해성이란다. 성까지 넘어온 셈이다.

"빌어먹을."

욕이 절로 튀어나왔다. 그 순간 노인의 눈살이 찌푸려졌다.

"근데 보자 보자 하니까, 어린 놈의 자식이 어따 대고 반말에 욕지거리야?"

"에?"

미친개는 당혹스러워했다.

노인네는 우마차에 실려 있던 싸리비를 꺼내 들더니 미친개를 후려치기 시작했다.

"어디서 배워먹은 버르장머리야!"

"어, 어, 이 노인네가? 아얏!"

미친개는 두 손으로 죽립을 부여잡고 냅다 달리기 시작했다. 하지만 여기서 간과한 점이 한 가지 있었다. 그것은 도망치는 방향이 감숙성 쪽이 아닌 청해성 내륙 지방을 향하고 있다는 사실이었다.

第二章

추적자의 존재를 깨닫다

龍
劍風

"믿을 수가 없군."
청년은 침상에 반쯤 기댄 채 중얼거렸다.
실패했다는 보고를 들은 것은 방금 전이었다.
"그렇다면 어쩌란 것인가?"
"우리가 할 수 있는 최선의 방법을 펼칠 생각입니다."
청년의 입가에 비틀린 미소가 머금어졌다.
"무책임하군."
"믿지 못하겠다는 말씀입니까?"
복면인의 눈가가 가늘어졌다.
"믿음을 줬어야지."
"크흠……."

청년의 말에 복면인은 침음성을 흘렸다.

"그 계집을 처리해 주는 대가로 내가 얼마의 돈을 주었다고 생각하나? 하기야 너같이 밑에 있는 놈이 알 리가 없겠지."

"……."

복면인은 고개를 떨군 채 몸을 부들부들 떨고 있었다. 치솟는 노기를 억지로 참고 있는 것이리라.

청년은 한숨을 내쉬며 손을 내저었다.

"가봐. 조금 있으면 시비가 올 것이다."

말이 끝나기가 무섭게 복면인이 창밖으로 몸을 날렸다. 청년은 그 모습을 바라보며 안색을 굳혔다.

해월령을 호위한다는 정체불명의 무인이 마음에 걸렸다.

"쯧……."

청년은 혀를 끌끌 차며 침상에 누웠다.

*   *   *

미친개는 자신의 앞에 서 있는 중년 사내를 보며 안도의 한숨을 내쉬었다.

"총관께서 대노하셨습니다."

중년 사내의 말에 미친개는 투덜거렸다.

"대노하든지 말든지."

"이보시오."

까칠한 한마디에 중년 사내의 언성이 높아졌다. 미친개는 턱가를 긁적였다.

"알았어. 왜 화를 내고 그래?"

중년 사내는 한숨을 내쉬었다. 생각 같아서는 한마디 더 쏘아붙여 주고 싶지만 지금은 그럴 시간이 없다.

"일단 따라오시오. 시간을 맞춰야 하오."

"응? 어디로?"

"당연하잖소? 녀석을 잡아야 하잖소."

"아!"

미친개는 고개를 끄덕이며 중년 사내의 뒤를 따랐다.

"아, 그런데 여기가 어디야?"

"당산골이오."

중년 사내의 말에 미친개는 고개를 갸웃거렸다.

노인네에게 장소를 물은 것이 이틀 전이다. 그 이후로 계속 열심히 돌아다녔건만 같은 장소라니.

미친개는 진지한 어조로 중년 사내에게 물었다. 그러자 중년 사내는 턱가를 매만지며 나직한 어조로 말했다.

"맴돌았군."

"……."

*   *   *

"안 자요?"

노숙을 위해 나무 기둥에 기대 있던 해월령의 물음에 적연은 고개를 끄덕였다.

"먼저 자시오."

"무슨 생각을 하기에 그렇게 심각한 표정이에요?"

해월령은 눈을 끔뻑이며 적연에게 다가왔다. 그리고 모닥불 가에 쪼그리고 앉더니 한숨을 내쉬었다.

"대막은 어떤 곳이에요?"

"사막."

무미건조한 대답이었다.

"그런 것을 묻는 게 아니잖아요."

"무지하게 덥소."

"……."

해월령은 허탈한 표정을 지었다.

"재미없는 것 알아요?"

"모르는지는 않소."

너무도 당연하다는 듯 대답했다. 해월령은 고개를 설레설레 내저었다.

"내가 말을 말아야지."

"알았으면 됐소."

해월령은 그 모습을 바라보다가 양 무릎에 얼굴을 파묻었다.

쉬익! 쉬이익!

문득 들려온 소리에 해월령은 눈을 떴다. 그만 깜박 잠이 들었나 보다.

"으음."

제자리에 가서 자야지라고 생각하며 해월령은 고개를 들었다. 그리고 달빛 아래서 검무를 추는 적연을 발견했다.

"……."

해월령은 반쯤 입을 벌렸다. 적연의 검무는 뭐랄까, 느리고 여유로웠다. 지그시 감겨 있는 눈매와 느릿하면서도 곡선을 그리는 몸의 움직임이 보는 이의 시선을 잡아끌었다.

허공으로 떠오른 그의 몸이 바닥에 내려앉았다 깃털처럼 허공으로 떠올랐다.

무릎조차 굽어지지 않았다. 말 그대로 땅에 닿아 있던 발이 허공으로 부상했다는 표현이 맞았다.

'무게가 없는 것 같아.'

해월령은 몸을 일으켜 폴짝 뛰었다.

탁!

땅을 울리는 묵직한 소리에 해월령의 인상이 와락 일그러졌다.

기분 나쁘다.

해월령이 뭐라 투덜거리든 간에 적연의 검은 느릿하게 허공을 가르고 있었다.

생각해 보니 적연이 검을 다루는 것은 처음 보았다.

너무도 부드럽고 유려하다.

해월령은 옆구리에 손을 가져갔다.

검이 없다.

확실히 말하자면 자신의 것은 검무에 쓸 만한 검이 아니다.

"…쩝."

결국 바닥을 굴러다니는 나뭇가지 하나를 집어 들고 휘저어 보았다.

적연의 동작을 따라 했건만 많이 다르다. 낙지처럼 팔이 흐물거리는 모습에 해월령은 눈살을 찌푸렸다.

"뭐 하는 거요?"

어느새 검무를 멈춘 적연이 해월령의 행동을 보며 물었다.

"에?"

순간 해월령의 얼굴이 시뻘게졌다.

휘릭!

손에 들려 있던 나뭇가지는 어느새 땅바닥에 패대기쳐졌고, 그녀는 자리에 다소곳이 앉은 채 눈을 깜박였다.

"제가 뭘요?"

"……."

적연은 황당하다는 표정을 지으며 그 모습을 바라보다가 고개를 설레설레 내저었다.

그 틈을 놓치지 않고 해월령이 재빠르게 화제를 다른 곳으로 돌렸다.

"그 검무는 뭐예요?"

"봤소?"

적연의 표정이 굳어졌다. 해월령은 팔짱을 끼며 말했다.

"어쩌다 보니까 그렇게 된 거죠 뭐."

타당한 말이기도 했다.

적연은 자리에 앉으며 한숨을 내쉬었다.

"별것 아니오."

"별것 아닌 게 아니던데요?"

해월령은 눈을 빛냈다. 눈부시도록 황홀한 검무를 어찌 그리 쉽게 별것 아니라 말할 수 있겠는가.

그 정도의 안목쯤은 가지고 있다.

"신경 쓸 필요 없소."

왠지 더 이상 말하기 싫어하는 인상이자 해월령은 선선히 고개를 끄덕였다. 굳이 꼬치꼬치 캐묻고 싶은 생각은 없었기 때문이다.

"난 잘래요."

해월령은 자리로 걸어가더니 뒤돌아 누워버렸다. 적연은 그 모습을 바라보다가 한숨을 내쉬며 고개를 들어보았다.

검은 하늘에 보름달이 떠 있었다.

다음날 아침.

눈을 뜬 적연은 아직까지 잠들어 있는 해월령을 보며 눈살을 찌푸렸다.

적연은 육포를 꺼내 질겅거리며 떠날 채비를 꾸렸다.

"자, 이제 남은 것은?"

힐끗.

일어날 기미조차 보이지 않는 해월령이 보였다. 적연은 한숨을 내쉬며 다가가 쪼그리고 앉았다.

"그만 일어나시오."

미동조차 보이지 않는다. 적연은 가만히 손을 뻗어 해월령의 어깻죽지 부위를 살짝 찔렀다.

"이보시오."

"으으음!"

해월령의 몸이 조금씩이지만 들썩이기 시작했다.

"조금만 더."

잠에 취한 목소리와 함께 다시금 잠들었다. 적연은 황당한 표정을 짓다가 입술을 으적 깨물었다.

"어서 일어나시오."

이번에는 어깨를 부여잡고 흔들어보았다. 역시나 일어날 생각이 없는지 이불을 끌어다 머리까지 뒤집어써 버린다.

"이보……."

"에이, 시끄러!"

빽!

적연은 엉덩방아를 찧은 채 멍한 표정으로 해월령을 바라보다가 한숨을 내쉬었다.

그 후로 한 시진.

해월령이 깨어나기까지 걸린 시간이었다.

"잠버릇이 좀 고약하긴 해요."

해월령은 부스스하게 일어난 머리를 가다듬을 생각도 하지 않은 채 말했다. 퉁퉁 부은 눈은 아직까지 반쯤 감겨 있었다.

"어서 떠날 준비를 하시오."

적연의 말에 해월령은 고개를 끄덕이더니 손등으로 눈 부위를 비볐다.

"졸려요."

"졸려도 어쩔 수 없소."

"쳇."

해월령은 입을 삐죽 내밀며 투덜거렸지만 주섬주섬 떠날 채비를 꾸렸다.

"하암."

해월령은 연신 하품을 해대며 머리를 긁적였다.

"세수라도 하는 게 어떻소?"

그 모습을 보던 적연의 말에 해월령은 고개를 내저었다.

"이렇게 걸으면 잠이 깰 거예요."

"눈곱도 꼈는데."

"그래요?"

해월령은 다시금 눈을 비비더니 배시시 웃었다.

부끄러움이라고는 티끌만큼도 없는 모양이다. 적연은 고개를 설레설레 내저었다.

쿵쿵.

중년 사내의 뒤를 따라 뛰던 미친개의 코가 벌렁거렸다.

"음?"

익숙한 체취였다.

"왜 그러오?"

"냄새가 나."

미친개의 말에 중년 사내 역시 코를 킁킁거려 보다가 고개를 갸웃거렸다.

냄새 같은 것은 안 났기 때문이다. 하지만 이내 미친개의 발달된 후각을 생각해 냈다.

"해월령과 놈의?"

끄덕.

미친개가 고개를 끄덕이자 중년 사내가 갑자기 걸음을 멈췄다. 그리고 다짜고짜 미친개의 등을 떠밀며 말했다.

"자, 여기서부터 다시 쫓아가시오."

미친개는 고개를 갸웃거리며 중년 사내를 바라보았다.

"같이 안 가나?"

"내 임무는 당신을 제자리로 데려다 주는 것뿐이오."

그리고는 황망하게 반대편으로 걸음을 옮겼다. 미친개는 그 모습을 바라보다가 투덜거렸다.

"자식, 뒤도 안 돌아보고 가네."

뭐, 됐다. 이제 남은 것은 다시 녀석의 뒤를 쫓는 일이다.

킁킁.

미친개는 바닥에 쪼그리고 앉아 냄새를 맡아보곤 땅바닥에 찍혀 있는 족적을 살폈다.

얼마 되지 않았다.

'좋아.'

미친개의 입가에 희미한 미소가 머금어졌다.

그는 신속하게 체취를 따라 발걸음을 옮기기 시작했다.

"천수라······."

적연의 중얼거림에 해월령은 고개를 끄덕였다.

"내일 점심나절쯤이면 섬서성에 들어설 수 있을 거예요."

감숙성 북단의 기욕관에서 처음 만나 이제는 섬서성에 거의 다 와가고 있었다.

"끼니만 때우고 빨리 떠나도록 합시다."

"그러지요."

해월령은 고개를 끄덕이며 주위를 살피다가 자그만 객점을 발견하곤 그쪽으로 걸음을 옮겼다.

언제나처럼 긴 식사 시간이 끝나고 입가심으로 차를 마실 무렵이었다. 해월령이 물끄러미 바라보다가 물었다.

"당신은 대막에서 뭐 했어요?"

"그건 갑자기 왜 물어보시오?"

"그냥 문득 궁금해서요."

"간단히 말하자면 돈을 받고 일을 처리해 주는, 일종의 용병이었지."

적연의 대답에 해월령은 잠시 생각하다가 손바닥을 탁 쳤다.

"낭인무사를 말하는 거군요?"

"그런 셈이지."

낭인무사들은 일정한 거처 없이 떠돌아다니며 돈을 받고 일을 처리해 주는 해결사이다.

그들이 맡는 일은 광범위하다. 말 그대로 자잘한 심부름부터 표국의 표기, 심지어는 전쟁에 용병으로 고용되는 경우도 있다.

적연은 다시금 찻잔을 들었다. 해월령은 큰 눈망울을 깜박이며 물었다.

"역시나 묻지 않는군요?"

"뭘 말이오?"

"내 정체. 이쯤 되면 닦달할 때가 되었다 싶은데."

적연은 무심한 표정으로 물었다.

"물으면 대답할 거요?"

해월령은 씁쓸한 미소를 지으며 고개를 내저었다. 적연은 그것 봐라라는 표정을 지으며 낮은 어조로 말을 이어갔다.

"알고 싶지도 알 필요도 없소. 당신의 입버릇처럼 나는 고용인이니까."

"하하, 그렇군요."

도리어 머쓱해진 해월령은 너털웃음을 터뜨렸다.

"역시 듬직해요. 잘 찍었어."

실없는 칭찬에도 적연의 표정에는 변화가 없었다. 그것은 방금 전 느낀 기척 때문이었다.

'이것은?'

그리고 얼마 지나지 않아 이 낯익은 느낌을 기억해 낼 수 있었다.

'난주.'

난주에 있을 때 느꼈던 희미한 인기척.

적연의 눈썹이 가늘어졌다. 그 모습이 이상하다 생각했는지 해월령이 의아한 표정을 지으며 물어왔다.

"왜요?"

"쉿!"

적연은 짐짓 조용히 하라는 표시를 취하며 정신을 집중시켰다. 난주에서는 확신을 하지 못했지만 이제는 아니다.

이번이 두 번째였기 때문이다.

분명히 누군가 있다. 적연과 해월령을 주시하는 정체불명의 시선이.

적연은 짐짓 목소리를 낮추며 해월령에게 말했다.

"아무 대답 하지 말고 내 말만 들으시오."

해월령 역시 눈치가 없지는 않았다. 적연의 표정에 일의 심각함을 깨달은 것이다.

"오늘은 이곳에서 쉬도록 합시다."

적연에게 들은 말이 있어서인지 해월령은 순순히 고개를 끄덕였다.

"방을 잡고 올라가 있으시오. 문과 창문을 모두 걸어 잠그고 내가 갈 때까지 절대 나오지 마시오."

"예."

해월령은 고개를 끄덕이더니 곧바로 점소이를 불러 방을 잡고 이층으로 올라갔다.

일층에 홀로 남게 된 적연은 아무렇지도 않은 표정으로 자리에 앉아 주위의 모든 기척을 살피는 작업을 계속했다.

그렇게 얼마간의 시간이 지나고 적연은 한숨을 내쉬었다.

좀처럼 찾을 수가 없었다. 자신을 향한 시선이 계속 느껴지는 것 같았지만 그것만으로는 부족하다.

너무도 미약했고 방향마저 불분명했다.

'조심스런 녀석.'

남은 것은 단 한 가지다. 녀석이 스스로 다가오도록 만드는 방법뿐.

적연은 눈을 가늘게 뜨며 몸을 일으켜 이층으로 올라가 해월령의 방문 앞에 섰다.

"문 좀 여시오."

달칵.

이윽고 문이 열리며 해월령이 얼굴을 빼꼼히 내밀었다.

"들어가겠소."

적연은 나지막하게 말하며 문을 열고 방 안으로 들어갔다.

"혹여 이상한 낌새를 느끼지 못했소?"

"아니요? 그것보다 무슨 일이에요?"

적연은 대답하기에 앞서 주위를 살폈다. 다행히 시선은 느껴지지 않았다.

"아무래도 골치 아파질 것 같소."

"예?"

"추적자가 따라붙었소. 그것도 엄청난 실력의."

갑작스런 말에 해월령이 눈을 동그랗게 뜨더니 이해가 안

간다는 표정으로 물었다.

"잡으면 되잖아요?"

적연은 한숨을 내쉬며 침상에 털썩 주저앉았다.

"당신은 좀 생각을 할 필요가 있어."

"그게 무슨 뜻이에요?!"

이 말은 알아들었는지 언성이 높아졌다. 적연은 고개를 설레설레 내저었다.

"됐소."

왜 이야기를 꺼냈을까 막심한 후회감이 밀려왔다. 하지만 어쩌겠는가.

"녀석을 잡아야 하오."

"당연히 잡아야겠죠."

해월령은 당연하다는 표정을 짓다가 손가락을 입에 물며 고개를 갸웃거렸다.

"그런데 어떻게 잡을 거예요?"

'기대를 말아야지.'

적연은 한숨을 내쉬며 말문을 열었다.

"내가 시키는 대로 하시오. 알겠소?"

"예."

해월령은 고개를 끄덕였다. 적연은 잠시 주위를 살피다가 방 한 켠에 자리 잡고 있는 침상을 둘러보았다.

"넓군."

"예?"

"둘은 충분히 잘 수 있겠어."

"무슨 소리예요?"

해월령이 놀란 표정으로 적연을 바라보았다. 그는 별것 아니라는 듯 어깨를 으쓱했다.

"올라오기 전에 물어보니 이 방이 마지막 방이라고 하더이다."

해월령의 얼굴이 순식간에 창백해졌다.

탁탁.

침상에 누운 적연은 자신의 빈 옆 자리를 손바닥으로 치며 말했다.

"뭐 하시오? 어서 와서 누우시오."

"시, 싫어요!"

해월령은 얼굴을 붉힌 채 빽 소리를 질렀다. 베개를 품에 꼭 안은 그녀의 모습이 자못 귀여웠다.

"녀석을 잡으려면 어쩔 수 없소."

해월령은 세차게 고개를 내저었다.

"어서 나오란 말이에요!"

"목소리를 낮추시오."

적연의 조그만 말에 해월령이 재빨리 손바닥으로 자신의 입을 막았다. 하지만 눈가에는 못마땅하다는 표정이 가득했다.

"방 하나 따로 잡으란 말이에요."

생각해 보라. 남이나 다름없는 남자와 한 침상에 누울 수는 없지 않은가.

"때마침 방이 다 나갔다고 하더이다. 이리 오시오."

"안 해. 아니, 못해."

해월령은 절실하다 못해 필사적이었다.

반면 적연은 그런 해월령의 반대를 이해하지 못했다. 상황이 이런 만큼 방심한 척 보여 적을 끌어들이는 이 방법이 합리적이라 생각했을 뿐이다.

"날 못 믿소?"

더없이 진지한 적연의 물음에 해월령은 생각할 가치도 없다는 표정으로 고개를 끄덕였다.

"당연히 못 믿죠. 당신 같으면 어떻겠어요?"

적연은 잠시 턱가를 긁적였다. 하지만 지금은 수단 방법 가릴 때가 아니지 않은가.

"에이, 몰라. 이리 오시오."

"꺅! 꺅! 어딜 만져요, 어딜?!"

"목소리를 좀……."

"꺅!"

해월령은 있는 힘껏 고함을 질렀다.

그 시각, 객점 바깥에 서 있던 미친개는 황당한 표정을 지으며 이층, 정확히 말하자면 적연과 해월령이 묵고 있는 방의 창문을 올려다보았다.

"뭐냐, 쟤네들은?"

　　　　*　　　　*　　　　*

　폭풍 같은 밤이 지나고 다음날 아침.

　식사를 끝내고 천수를 나선 해월령은 뒤따르는 적연의 모습을 보려 하지도 않은 채 열심히 걸음을 옮기고 있었다.

　"흐음."

　적연은 씁쓸한 미소를 지으며 해월령의 뒷모습을 바라보았다.

　"미안하오."

　모처럼 사과를 했건만 해월령은 뒤도 돌아보지 않는다.

　"난 남녀가 같은 침상에서 잔다는 의미가 그런 것인지 몰랐소. 그저……."

　"됐어요."

　해월령의 목소리에는 가시가 돋쳐 있었다. 적연은 씁쓸한 미소를 지었다. 어제저녁 좀 진정되고 나서 해월령의 설명이 이어졌다. 적연은 그제야 자신이 큰 실수를 했음을 깨달았다.

　"정말 미안하오. 내 다시는 그러지 않겠소."

　멈칫.

　쉼없이 움직이던 해월령의 발걸음이 멈춰졌다.

　"정말인가요?"

　"맹세하지."

　해월령의 입가에 희미하게나마 미소가 머금어졌다.

　"그러면 됐어요. 용서해 드리지요."

용서해 준다는 말에 적연의 얼굴에 반가운 기색이 떠올랐다. 해월령은 그 모습을 바라보며 한숨을 내쉬었다.

어쩔 수가 없었다. 그는 대막에서 일평생을 살아온 사람이다. 그쪽의 남녀관이 어떤지는 확실히 모르겠지만 무림과 가치관이 다른 것은 분명했기 때문이다.

'모르고 그런 것이니까.'

마음 편히 그렇게 생각하기로 했다. 괜히 적연과의 관계가 나쁘면 자신에게도 좋을 것이 없다.

"그건 그렇고, 그 추적자 말이에요. 어떻게든 잡기는 해야겠지요?"

"하지만 찾기가 어렵소."

분명 바라보는 느낌을 받는 데도 감이 잡히질 않으니 미치고 환장할 노릇이었다.

포기할 생각은 없었다. 단지 지금은 꼭꼭 숨어 있는 꼬리가 한순간이나마 잡히길 바랄 뿐이다.

저녁 무렵 적연과 해월령은 감숙성을 지나 섬서성에 들어설 수 있었다.

"이제 성 하나만 지나면 돼요."

해월령의 말에 적연은 고개를 끄덕였다.

"하지만 방심은 금물이오."

뜸하기는 하지만 아직 적의 공격이 모두 끝났다고 볼 수는 없다. 더욱이 뒤를 쫓는 추적자가 있지 않은가.

"나도 그쯤은 알고 있다고요."

해월령은 무시하지 말라는 표정을 지었다. 적연은 가볍게 한숨을 내쉬며 주위를 살폈다.

'지금도 어딘가에서 이 모습을 지켜보고 있겠지?'

그렇게 생각하자 몸이 팽팽하게 긴장되었다. 몸에 잠들어 있던 투기가 깨어났다.

모처럼 만에 이런 기분을 느껴보았다.

팽팽한 긴장감과 이질감. 자신이 쫓은 적은 있지만 쫓긴 적은 처음이다.

'과연 이런 기분이었나?'

불쾌감과 초조함. 하지만 이상하리만치 마음속에는 기대감이 샘솟고 있었다.

어떤 식으로 나올 것인가.

돌발 상황에 있어서 자신은 어떻게 대응할 것인가.

'기다리는 것만으로도 지루하지는 않겠어.'

적연은 입술을 핥으며 옆에서 걷고 있는 해월령을 바라보았다.

물론 그녀를 지키는 데 있어서 최선을 다할 것이다.

"아, 날이 저물어가요."

상념에 빠져 있던 적연은 해월령의 말에 고개를 들어보았다. 과연 어느새 해가 거의 다 저물어가고 있었다.

"노숙 준비를 해야겠소."

"그래야겠네요. 오늘은 이만 가야겠어요."

해월령은 배시시 웃으며 고개를 끄덕이고는 주위를 살피다 적당한 곳에 자리를 잡고 앉았다.

적연은 부지런히 땔감을 모으고 불을 지폈다.

"불을 지펴도 돼요?"

해월령이 말했다. 그럴 만도 한 것이, 불을 피우게 되면 불꽃과 연기로 위치가 알려지기 때문이다.

"상관없소."

적연의 말에 해월령은 더 말하지 않고 고개를 끄덕였다. 그를 고용한 이상 그의 말에 따르는 것이 좋다.

미친개는 나무 위에 몸을 숨긴 채 적연과 해월령을 살피고 있었다.

'도발인가?'

적연은 미친개의 존재를 알고 있었다. 그럼에도 저런 여유라니……

'아니면 자신감이군.'

그럴 수도 있다. 미친개가 느낀 적연의 실력은 범상치 않았기 때문이다.

"건방진 놈."

처음 마주쳤을 때 당혹스러운 마음이 있었던 것도 사실이다. 단지 처음 예상했던 것보다 강했던 것뿐. 그에 걸맞게 상대해 주면 된다.

"나도 한 방 날려주지."

미친개는 히죽 웃으며 안광을 번뜩이고는 품으로 손을 가져 갔다. 암기를 날려줄 참이었다.

"어?"

미친개의 눈이 동그랗게 떠졌다.

없다. 분명 품속에 있어야 할 암기가 손에 잡히질 않았다.

미친개는 더욱 깊숙이 손을 밀어 넣었다. 그와 동시에 손가 락이 옷 바깥으로 불쑥 솟아 나왔다.

"뭐냐?"

재빨리 윗옷을 벗어 안주머니를 들여다보았다. 손가락 세 개가 충분히 들락날락할 구멍을 통해 보여지는 밤하늘이 참 아름답다.

"······."

미친개는 차분히 옷을 걸치고 턱가를 매만졌다. 문득 그의 얼굴에 애써 지은 미소가 머금어졌다.

"운 좋았다, 너희들."

미친개는 적연과 해월령을 바라보며 고개를 끄덕였다.

"정말이야. 후후후."

애써 자기 자신을 위로하는 모습이 처량해 보이기까지 했 다.

미친개의 사정을 아는지 모르는지 무사히 노숙을 끝내고 부 지런히 발걸음을 옮긴 적연과 해월령은 점심나절 자그마한 마 을에 들어섰다.

객점으로 들어가 간단하게 식사를 했다. 미친개는 그 모습을 바라보다가 고개를 끄덕이며 신속하게 길가로 나섰다.

땅땅!

이 마을에서 삼대째 대장간을 하고 있는 장삼은 눈앞에 서 있는 자를 바라보며 고개를 갸웃거렸다.

"예? 지금 뭐라고 말씀하셨습니까?"

"비도 주시오."

"비도요? 무기류는 안 만듭니다."

"대장간인데 왜 안 만들어?"

"조그만 마을이지 않습니까."

"크응."

미친개는 침음성을 삼켰다.

"파는 곳은 없나?"

"없습니다."

"젠장. 그러면 비스름한 무기가 될 만한 것은 없는가?"

미친개의 물음에 장삼은 잠시 생각하다가 손바닥을 탁 쳤다.

"잘 먹었다."

해월령은 배를 매만지며 마을을 나서다가 적연을 바라보았다.

"부지런히 걸어야겠지요?"

"뭐, 그렇소."

적연은 고개를 끄덕이는 한편 주위를 한번 살펴보았다.

'이상하군.'

언제나 느껴지던 신경 쓰이던 느낌이 없다. 그 말인즉슨 추적자가 떨어졌다는 소리이다.

그럴 리가 하는 생각이 들었다.

'설마… 나를 혼란스럽게 만들려는 술책일까?'

그럴 수도 있다고 생각했다. 적연이 생각하기에 그는 범상치 않은 실력을 가진 상대.

분명히 어딘가에서 기척을 숨긴 채 자신을 지켜보고 있을 것이다.

'역시 대단하군.'

입가에 희미한 미소가 머금어졌다.

그리고 그 시각,

달그닥!

미친개의 손에 들려 있던 가죽 주머니가 땅바닥에 떨어졌다. 그러자 안쪽에서 쇠가 덜그럭거리는 소리가 들렸다.

중요한 것은 그것이 아니었다.

"어?"

객점 안에 있어야 할 적연과 해월령의 모습이 보이지 않았다. 자리는 비워져 있었다.

미친개는 가죽 주머니를 손에 들고 객점 안으로 뛰어들어가 점소이를 붙잡고 물었다.

점소이는 잠시 기억을 더듬다가 생각났다는 듯 말문을 열었다.

"아, 그분들이요? 나가신 지 좀 됐는데요?"

미친개는 근 반 시진을 쉬지 않고 달려서야 적연과 해월령의 뒤를 따라잡을 수 있었다.

'나쁜 놈들.'

입 밖으로 욕설이 튀어나오려는 것을 필사적으로 참아냈다.

원망해 봐야 어쩌겠는가. 미친개는 다시금 기척을 숨기며 길가 옆 풀숲을 따라 적연과 해월령의 뒤를 따랐다.

해월령과 이야기를 나누며 걷던 적연의 눈이 한순간 부르르 떨렸다. 다시금 추적자의 시선이 느껴졌기 때문이다.

"왜 그래요?"

해월령이 눈을 동그랗게 뜨며 적연을 바라보았다.

적연은 아무런 대답도 하지 않고 손가락을 들어 조용히 하라는 표시를 보냈다.

해월령은 못마땅한 표정을 지었지만 군말없이 고개를 끄덕이고는 천천히 걸음을 옮겼다.

적연은 눈을 가늘게 뜨며 천천히 그녀의 옆으로 걸었다.

'왜지?'

이번에는 무언가 다르다. 그간의 느낌은 너무도 미약하고 방향조차 갈피를 잡기가 어려웠다. 하지만 이번에는 약간이지만 좀 더 명확했다.

'무슨 생각일까? 역으로 나를 끌어들이려는 술책일까?'

하지만 너무 노골적이지 않은가.

잠시 고심해 보았다. 하지만 이내 결론은 내려졌다.

적연은 가볍게 품속으로 손을 집어넣었다.

'모습을 보여봐라.'

생각이 끝남과 동시에 품에 갈무리되어 있던 손이 밖으로 뻗어 나왔다. 그의 손가락 사이사이에는 검은색의 원형 구슬이 끼워져 있었다.

찌르릉!

적연의 손에서 벗어난 네 개의 구슬이 소리를 울리며 사방으로 뻗어나갔다.

멀리서 그 모습을 바라보고 있던 미친개의 두 눈이 크게 치켜떠졌다.

"미친!"

손가락에 끼워져 있는 검은 구슬. 그것의 정체를 알고 있었다.

'흑뢰탄.'

쾅! 쾅! 쾅! 쾅!

네 번의 폭발음과 함께 지축이 흔들렸다.

"꺄악!"

갑작스런 상황에 전혀 방비를 하지 못한 해월령이 비명을 질렀다.

적연은 재빨리 해월령을 감싸 안고 순식간에 십여 장 뒤로 물러났다.

고오오!

폭발이 잦아들자 매캐한 먼지바람이 적연과 해월령의 주위를 뒤덮고 있었다.

스르릉!

적연은 검집에 꽂혀 있던 검을 뽑아 들며 주위를 향해 살기에 젖은 눈동자를 번들거렸다.

"나와라!"

적연의 외침은 낮지만 또렷했다. 조금씩 연기가 바닥으로 가라앉거나 바람에 휘날려 흩어지기 시작했다.

한 치 앞도 분간할 수 없을 정도이던 시야도 조금씩 회복되어 갔다.

그리고 드러난 전경은 참혹했다.

깊숙이 파인 반원형의 구덩이 네 개가 보였다.

"뒤로 물러서시오."

적연은 해월령을 뒤로 끌어당기며 주위를 살폈다. 보이질 않는다. 미약하던 시선도 사라진 상태였다.

"흥."

적연은 콧방귀를 뀌며 검을 갈무리하고 해월령을 이끌었다.

"갑시다."

길 저편으로 적연과 해월령의 모습이 희미해져 갔다.

부스럭.

문득 땅이 들썩였다.

"푸후!"

일순간 땅에서 미친개가 치솟았다.

"큰일 날 뻔했군."

미친개는 흙으로 엉망이 된 머리와 옷을 털어내고는 길 저편으로 시선을 주었다.

"흑뢰탄…… 그렇다면?"

흑뢰탄이라면 대막의 낭인들이 사막전에서 쓴다는 폭뢰이다.

미친개의 눈이 동그랗게 떠졌다.

"낭인이란 말인가?"

그리고 뒤이어 미친개의 뒷말이 나지막하게 이어졌다.

"나와 같은……?"

第三章

종남파에서의 대련

龍
劍風

"미친개가 다시 추적에 들어갔습니다."

학사모를 쓴 총관의 말에 그는 고개를 끄덕였다.

"이번에도 이상한 길로 들지는 않겠지?"

"설마 그러겠습니까?"

'보통이라면 그렇겠지' 란 말이 입 안에서 웅얼거렸다.

"총관."

"예."

"나는 왠지 미친갠가 뭔가 하는 놈이 마음에 들지 않아."

"…예."

총관은 고개를 숙인 채 조용히 대답했다.

"몇 명 선별해서 미친개의 뒤에 붙여."

"예?"

"감시를 붙이란 말이야."

총관은 선뜻 이해가 가지 않는다는 표정이었다.

"복명!"

일단 위에서 명이 떨어진 이상 수행해야 했다.

"아무래도 꺼림칙하단 말이야."

그는 눈을 번뜩였다.

*　　　*　　　*

"슬슬 시작해 볼까?"

미친개는 행동을 취하기로 했다.

기다릴 만큼 기다렸고, 더 이상 지체할 수는 없었다.

스윽.

품에서 자그만 가죽 주머니를 꺼내 끌렀다. 대장간에서 급하게 산 물건이기는 하지만 쓸모가 없지는 않으리라.

'음…….'

미친개는 가죽 주머니 안에 가득 차 있는 무엇을 바라보며 한숨을 내쉬었다.

쓸모가 없지는 않겠지만 근본적으로 문제가 있다.

적연은 입이 찢어져라 하품을 하며 팔자 좋게 잠들어 있는 해월령을 바라보았다.

그간 밤에는 제대로 잠을 자지 못했다.

지금처럼 노숙을 하고 있을 때는 더욱 그렇다. 언제 누가 들이닥칠지, 또한 자신을 지켜보고 있는 추적자의 시선이 신경 쓰였기 때문이다.

'졸립군.'

슬슬 몰려오는 졸음을 참을 수가 없었다. 눈꺼풀이 천근만근 무거워졌다.

적연의 고개가 살짝 기울어졌다.

피잉! 팍!

그 순간 방금 전까지 적연의 얼굴이 기대어져 있던 나무 기둥에 무언가가 날아와 틀어박혔다.

"제길!"

잠이 깬 것은 말할 것도 없었다. 적연은 순식간에 몸을 굴려 해월령에게 다가갔다.

"…에? 왜요?"

아직 잠이 덜 깬 목소리로 중얼거리는 해월령을 적연이 덮쳤다.

"무, 무슨 일이에요?"

아직 상황 파악이 되지 않았는지 해월령이 놀란 목소리로 물었다.

"저기 있는 바위 보이시오?"

적연이 가리킨 곳을 보니 길가에 큰 바위가 있었다.

"아무 말 말고 저기로 달려가서 엎드려 있으시오."

해월령은 고개를 끄덕이더니 자세를 낮춘 채 빠른 걸음으로 적연이 지정해 준 바위 쪽으로 갔다.

"흥!"

적연은 바닥에 놓인 돌멩이를 한 움큼 집으며 몸을 훌쩍 날려 나뭇가지 위로 올라섰다. 살수의 위치를 파악하기 위함이었다.

순간적으로 인기척을 느낀 적연의 고개가 돌아간 쪽은 길 반대편 숲 속에 불쑥 솟은 거목이었다.

"거기냐?"

적연은 거목을 향해 손에 쥐고 있던 돌멩이를 던졌다.

쐐애액!

돌멩이들이 공기를 가르며 울창한 나뭇잎 사이로 파고들어 갔다. 그와 동시에 적연은 지체없이 땅으로 내려와 한번에 그쪽으로 뛰어올라 갔다.

촤아악!

수십 차례 검을 휘둘렀지만 그곳에는 아무도 없었다. 더욱이 추적자의 인기척이나 시선조차 사라진 상태였다.

"칫."

적연은 침음성을 흘리며 주위를 살피다가 커다란 나뭇가지 위에 묻어 있는 약간의 혈흔을 발견했다.

아무래도 던져 보낸 돌멩이 중 하나에 적중된 모양이다.

'도망쳤군.'

상처를 입은 이상 잠시 피신했을 것이 틀림없었다.

지금까지의 상황으로 판단하건대 추적자를 찾아내기란 하늘의 별 따기보다 힘들 것이 분명했다.

"어쩔 수 없군."

적연은 한숨을 내쉬며 나무에서 내려와 처음의 자리로 돌아왔다.

"이제 괜찮아요?"

해월령이 얼굴을 빼꼼히 내밀며 조심스럽게 물어왔다. 적연은 고개를 끄덕이며 처음 공격을 당한 나무 쪽으로 다가갔다.

나무 한가운데, 그러니까 적연이 머리를 기대고 있던 자리에 무언가가 박혀 있었다. 그리고 그것은,

"…과도?"

적연은 황당하다는 표정을 지었다.

과일을 깎을 때 쓰는, 가정집에서는 다 가지고 있다는 그 과도였다.

"끄으윽……."

미친개는 신음성을 흘리며 상처를 입은 어깻죽지를 붕대로 감았다.

그런 공격을 해올 줄은 추호도 상상하지 못했다. 그나마 다행인 것은 스치고 지나갔다는 것이다.

고통스럽기만 하고 신경이 다치지는 않은 것 같아 움직일 수는 있었다.

"역시 대단한 놈일세."

미친개는 역시 대단한 놈이라고 생각하며 침음성을 흘렸다. 예리한 감각과 곧바로 반격해 올 수 있는 결단력.

'아, 씨, 아파. 당분간은 좀 떨어져서 두고만 봐야겠다.'

상처가 덧나는 것은 죽기보다 싫었다.

"또 올까요?"

근심 섞인 해월령의 물음에 적연은 고개를 끄덕이며 생각에 빠져들었다.

'이상하다.'

공격이 있은 직후 며칠이 지났건만 공격을 해오지 않고 있었다.

'과도라······.'

적연은 자신의 손에 들려 있는 과도를 바라보며 침음성을 흘렸다.

'이게 과연 무슨 뜻일까?'

여느 가정집이라면 모두 비치되어 있는 과도를 무기로 삼아 공격했다. 그렇다는 소리는······.

'이런 조잡한 물건으로도 상대할 수 있다는 소리일까?'

적연은 고개를 끄덕였다.

곧바로 이차 공격을 감해옴 직한 상황임에도 아무런 움직임이 없다.

'설마 때를 보고 있는 것일까?'

그럴 수도 있다.

'이런 때일수록 침착, 냉정해야 함을 알고 있다.'

참을 줄 아는 인내심도 가지고 있다. 살수에게 있어서 실력도 중요하지만 그 이상인 것은 기회를 엿보는 집중력과 기다릴 줄 아는 미덕이다.

적연이 생각하기에 적은 이 모든 것을 갖추고 있었다.

그는 미친개가 피치 못할 사정으로 과도를 사용했음을 몰랐으니까.

결과적으로 착각이었다.

"생각 이상으로 대단한 자임에 틀림없소. 어서 갑시다."

대단하기는 하다. 강아지 이상으로 발달된 후각이.

"엣취!"

그 시간, 한참 멀리서 적연과 해월령의 뒤를 따르던 미친개가 기침을 하더니 코를 손등으로 비비며 투덜거렸다.

"누가 내 욕하나?"

＊　　　＊　　　＊

종남산은 섬서성의 남부 서안의 남쪽에 있는 산으로 관중, 한중의 양도 사이에 있으며 연장 오백 리에 달한다.

하지만 그보다 유명한 것은 바로 이곳에 자리 잡고 있는 종남파였다.

정파무림에서 소위 말하는 구파일방 중 한곳일 만큼 명문문파였다.

"그래서 구파일방이 뭐요?"

적연의 물음에 해월령이 그것도 모르냐는 표정을 지었다.

"나야 대막에만 있었지 않소."

적연의 말에 해월령은 손사래를 쳤다. 무림 정세에 대해서는 문외한임을 알고 있었건만 구파일방조차도 모르다니.

"도대체가 아는 게 뭐예요?"

"무림맹."

"무림맹은 아나 봐요?"

"워낙에 유명하지 않소."

그러니 더욱 답답했다. 무림맹의 주체 중 하나가 바로 구파일방이다.

"하기는, 몰라도 상관없지요."

"당연하지 않소. 종남판가 뭔가 하는 곳에 들를 리도 없고."

"하나도 안 당연해요."

"음?"

"종남파에 잠깐 들러야 할 것 같으니까요."

"무슨 일로?"

"알면 다쳐요."

그래서 적연과 해월령은 종남파로 가게 되었다.

산을 오르고 반 시진 정도 지났을까. 두 사람은 종남파의 현문 앞에 설 수 있었다.

정문을 지키고 있던 위사가 적연과 해월령을 발견하고는 물어왔다.

"무슨 일로 오셨습니까?"

해월령은 특유의 배시시한 미소를 짓다가 적연을 힐끗 바라보았다.

"잠깐 저기 가 있어요."

"알겠소."

적연은 군말없이 고개를 끄덕인 후 뒤로 물러나 해월령과 위사를 바라보았다.

해월령은 위사에게 뭐라 뭐라 말한 뒤 품에서 무언가를 꺼내 보여주었다.

"알겠습니다. 안에 일러두겠습니다."

위사는 갑자기 깍듯하게 인사를 하더니 문 안쪽을 지키고 있던 위사에게 무언가를 전했다.

그제야 해월령은 적연에게 손짓을 했다.

"이제 와도 돼요."

적연은 고개를 끄덕이며 해월령에게 다가갔다. 이윽고 안에 무언가를 전하러 갔던 위사가 두 사람에게 다가왔다.

"이리로."

"아, 고마워요. 그리고 당신은 좀 기다리고 있어요. 곧 있으면 사람이 와서 안내해 줄 거예요."

"얼마나 걸리오?"

"글쎄, 가봐야 알겠지만 그리 오래 걸리지는 않을 거예요. 맛있는 차라도 한 잔 하고 있으라고요."

적연은 고개를 끄덕였다. 해월령은 피식 웃더니 위사를 따라 문 안쪽으로 들어갔다.

"아가씨와 같이 오신 분인가요?"

얼마 후 해월령의 말대로 군청색 무복을 입은 자가 다가왔다.

"따라오시지요."

적연은 군말없이 그의 뒤를 따라 종남파 안으로 들어갔다.

'아담하군.'

구파일방에 들 만큼 명문 문파였지만 내부는 아담하고 깔끔했다. 건물도 고풍스러웠고, 주위의 경치도 상당히 빼어난 편이었다.

딸랑.

바람에 흔들린 풍경이 청명한 소리를 내는 것이 사찰과 같은 분위기였다.

문을 지나 연무장을 지날 때에야 이곳이 문파임을 체감할수 있었다. 대략 백여 명의 문도들이 한곳에 모여 무공을 연마하고 있었기 때문이다.

"이곳입니다."

연무장을 지났을 무렵 아담한 건물이 보였다.

적연이 건물의 문을 열고 들어가자 역시나 깔끔하게 정돈된대전이 나왔다.

"이쪽으로 앉으시지요."

다소곳이 서 있던 여시종이 의자에 앉을 것을 권했다.

"좋은 차가 있는데 괜찮겠습니까?"

"물이면 되오."

"예."

여시종은 예를 취한 뒤 조심스런 발걸음으로 방을 나섰다.

"하아."

적연은 손수건을 꺼내 이마에 맺힌 땀을 닦아내며 한숨을 쉬었다.

커다란 창문 바깥으로 봉우리가 보였다.

딸랑.

풍경 소리와 더불어 창문을 통해 들어오는 산바람이 마음을 차분하게 가라앉혔다.

"좋군."

대막에서는 모래 섞인 뜨거운 바람만이 있을 뿐이다. 물조차 희귀해서 아껴 먹어야 하거니와 음식은 말할 것도 없이 척박하다.

"이곳은 좋군."

중원무림은 좋다. 짧은 시간이지만 충분히 그렇게 느낄 수 있었다.

"들어가겠습니다."

잠시 후 여시종이 물을 가지고 대전으로 들어왔다.

적연은 미소를 지으며 물을 받아 들고 한 모금 목 안으로 삼켰다.

"더 필요하신 것이 있으면 불러주십시오."

"고맙소."

끼익.

이윽고 문이 닫히고 대전 안에 홀로 남게 된 적연은 해월령에 관해 생각했다.

'뭘까?'

분명 무언가 있었다.

'그러고 보니 난 그녀에 대해 아는 것이 거의 없군.'

예측 가능한 것은 제한적이었다. 무가의 여식이라는 것과 누군가에게 쫓기고 있다는 정도였다.

'왜 쫓기는 것일까?'

거기까지 생각하던 적연은 피식 웃었다.

알아서 뭐 하겠는가. 굳이 알 필요가 없다.

'도대체 언제까지 기다리라는 건지.'

적연은 한숨을 내쉬다가 몸을 일으켰다.

그 시각, 해월령은 차를 한 모금 들이켜며 눈앞에 앉아 있는 백발노인에게 말했다.

"혹시나 제가 잘못되면 이 복사본을 대신 전해주시길 바래요."

"알겠다."

백발노인은 고개를 끄덕였다. 그는 종남파의 장문인인 천해주였다.

"한결 마음이 놓이네요."

해월령의 입가에 미소가 지어졌다. 그것은 천해주도 마찬가지였다.

"이제 할 이야기는 끝났으니까……. 그동안 잘 지내셨죠?"

"그래, 너도 많이 컸구나. 이리 와보렴. 오랜만에 한번 안아보자꾸나."

"예."

해월령은 미소를 지으며 자리에서 일어나 천해주에게 다가가 품에 안겼다.

"한 오 년 만이지요?"

"그래, 이제는 숙녀가 다 되었구나."

"헤헤."

해월령은 살짝 얼굴을 붉히며 웃었다.

"할아버지는 점점 젊어지시는 것 같아요."

"녀석, 아부하는 실력은 여전하구나. 그래, 해월문 그 영감탱이는 잘 있고?"

"장로님이야 여전히 정정하실 거예요. 실은 저도 근 일 년 넘게 못 뵈었거든요."

"나중에 안부나 전해주렴. 언제 만나서 술 한잔하자고."

"예."

해월령은 고개를 끄덕였다. 천해주는 손을 뻗어 해월령의 머리를 쓰다듬어 주었다.

"솔직히 말하자면 난 네가 평범한 삶을 살기를 바랐다."

해월령은 씁쓸한 얼굴로 고개를 떨궜다.

"그럴 수 없음을 더 잘 아시잖아요."

"그렇기는 하지."

천해주의 얼굴에 근심이 서렸다. 무가의 여식으로 태어난 숙명이다. 사내건 여인이건 마찬가지였다.

그것이… 무림이다.

"저 이만 가볼래요."

"벌써?"

천해주가 서운한 표정을 지었다. 오래간만에 만난 친손녀 같은 아이다. 하룻밤쯤은 머물고 가길 바랐다.

"아직 갈 길이 머니까요."

"쓸 만한 아이들로 몇 명 붙여줄까?"

천해주는 걱정스러운 마음에 물었지만 해월령은 그마저도 거절했다.

"아니요. 사람이 많으면 더욱 눈에 띄잖아요."

"걱정이 되어서 그런단다."

해월령은 고개를 내저었다.

"마음만은 감사히 받을게요."

"그래."

아쉬운 마음을 뒤로하고 천해주는 고개를 끄덕였다. 해월령은 배시시 미소를 지으며 다시 한 번 그의 품에 안겼다.

"건강 유의하시고요. 또 봬요."

"문밖까지 배웅해 주마."

"그러실 필요까지는 없는데……."

"도리가 아니지."

천해주는 무슨 소리냐는 표정을 지으며 고개를 내저었다.

해월령은 미소를 지으며 천해주와 함께 대전을 나섰다. 천해주는 뒷짐을 진 채 복도를 따라 걷다가 물었다.

"듣자 하니 혼자 오지 않았다고 하던데……."

"아! 제가 고용한… 그래, 호위무사예요."

"호위무사?"

해월령은 한쪽 눈을 찡긋거렸다.

"실력이 상당해요. 운이 좋았지요 뭐."

"그렇구나."

천해주가 고개를 끄덕일 무렵이었다.

"음?"

그는 잠시 고개를 갸웃거렸다. 연무장 쪽의 분위기가 심상치 않음을 알았기 때문이다.

"잠시만."

"예."

해월령은 천해주의 뒤를 따랐다.

두 사람이 연무장으로 갔을 때 연무장의 분위기는 험악하기 그지없었다.

몇 명의 종남파 문도들이 바닥에 쓰러진 채 신음성을 흘리고 있었고, 다른 이들은 눈을 번뜩이고 있었다.

"아!"

해월령의 눈이 동그랗게 떠졌다. 천해주가 의아한 표정을 지었다.

"왜 그러느냐?"

"저 사람이에요."

"응?"

"제가 고용한 호위무사."

해월령은 곤혹스러운 미소를 지으며 연무장 아래쪽으로 내려갔다.

"이봐요!"

"음?"

종남파의 문도들과 대치하고 있던 적연이 해월령에게 시선을 주었다.

"지금 뭐 하는 짓이에요?"

적연은 곤란하다는 표정을 지으며 어깨를 으쓱했다.

천해주가 눈살을 찌푸리며 좌중을 향해 외쳤다.

"이게 무슨 일이더냐?!"

위엄 어린 기세에 문도들이 바닥에 무릎을 꿇었다.

"장문인을 뵙습니다!"

정중하기 그지없는 외침에도 장문인의 굳은 표정은 좀처럼 풀어지지 않았다. 이유가 무엇인지는 모르겠지만 해월령의 동행과 문도들이 시비가 붙은 것은 유쾌하지 못했다.

하지만 마땅히 시시비비는 가려야 함이 옳다.

"문진."

"예."

천해주의 부름에 삼십대 초반으로 보이는 사내가 앞으로 나섰다. 종남파의 대제자인 문진이었다.

"어찌 된 일인지 말해보거라."

"저자가 저희 수련을 훔쳐보았습니다."

해월령은 놀란 눈으로 적연을 바라보았다.

적연은 고개를 갸웃거리며 어깨를 으쓱했다. 지금의 상황을 전혀 이해하지 못하는 눈치였다.

'아차.'

해월령은 눈을 감으며 손으로 이마를 감싸 쥐었다. 수련 장면을 훔쳐보는 것은 용납할 수 없는 일이다.

문제는 적연이 그러한 상식을 모른다는 것이었다.

'내 잘못이다.'

주의할 점을 충분히 주지시키지 못한 탓이다. 하지만 원망스러운 마음도 들었다. 그냥 가만히 있지 뭣 하러 밖으로 나왔는가.

"죄송해요. 저 사람이 뭘 몰라서."

"모르다니! 무인이 이런 기초적인 상식을 모른다는 것이 말이 되오?!"

"문진, 함부로 나서지 말라!"

천해주가 눈을 옹골차게 뜨며 외쳤다.

"죄송합니다."

추상같은 외침에 문진이 움찔하며 뒤로 물러섰다. 천해주는 혀를 끌끌 차며 해월령에게 시선을 주었다.

"미안하구나. 성격이 좀 불같은 경향이 있단다."

"아니에요. 저희야말로 죄송하지요."

해월령은 머쓱한 표정을 지으며 머리를 긁적이면서도 마음 한편으로는 안도했다. 보아하니 좋게 넘어갈 여지가 있어 보였기 때문이다.

하지만 천해주의 다음 말은 그녀의 기대감을 무참히 짓밟아 버렸다.

"하나 이번 일은 그냥 넘기기에는 힘들 것 같구나."

"예?"

"너도 알고 있지 않느냐. 수련하는 모습은 일급기밀에 해당된다는 사실을. 하지만 그것을 저 사내가 몰랐다니 이번만큼은 용서해 줄 수 있는 일이다."

"그럼 도대체 뭐가 문제죠?"

"저 사내가 공격을 가했다는 사실이야. 저기 쓰러져 있는 문도들이 있지 않느냐?"

'미치겠네.'

해월령은 지끈거리는 머리를 감싸 쥐었다.

적연은 그 모습을 바라보다가 어깨를 으쓱했다.

"저자들이 다짜고짜 공격해 왔고, 난 반격했을 뿐이외다."

"네 이놈! 말을 높여라!"

문진이 적연의 말투를 문제 삼고 외쳤다. 그의 입장에서는 그럴 만도 했다. 구파일방 중 한곳인 대종남파의 장문인이다. 그 누구라도 예의를 갖춤이 옳다.

"문진."

"하지만 저놈의 말투가……."

"그만!"

"……."

문진은 다시 풀이 죽어 뒤로 주춤거리며 물러섰다. 적연은
고개를 갸웃거렸다.

"이해를 할 수가 없군."

그깟 수련 장면 조금 본 것을 가지고 이토록 심각하게 구는
모습은 선뜻 수긍할 수가 없었다.

"그대는 이곳의 사람이 아니군?"

천해주의 물음에 적연이 고개를 끄덕였다.

"그렇소."

"어디서 왔나?"

"대막."

대막이란 말에 천해주의 눈살이 찌푸려졌다.

"…낭인인가?"

"이쪽에서는 그렇게 부르더군."

"어쩐지 하는 행태가 천해 보인다 했어."

그 순간 문진이 비웃음을 흘리며 중얼거렸다. 적연의 눈썹
이 위로 치켜 올라갔다.

"그 말은 흘려들을 수 없군."

문진이 앞으로 나섰다.

"불만이라도 있나?"

"그만! 제발 그만둬요!"

참다못한 해월령이 두 사람 사이로 들어왔다.

"막지 마시오."

문진은 흉흉한 기세를 뿜어냈다. 그것은 적연 역시 마찬가지였다. 상황이 점점 악화일로를 걸어가자 천해주가 나섰다.

"아무래도 이미 그냥 넘어가기는 그른 것 같군."

"할아버지!"

해월령이 놀라 외쳤다. 천해주는 굳은 표정으로 고개를 설레설레 내저었다.

"문진, 오늘의 네 행동은 경솔하기 그지없었다. 이를 아느냐? 그대 역시 마찬가지요."

"죄송합니다."

문진은 고개를 숙이며 뉘우치는 빛을 띠었지만 적연의 표정에는 한 점의 변화도 없었다.

"역시 재미있는 곳이군."

많은 뜻을 내포한 한마디였다. 천해주가 못 알아들었을 리 없었다.

"젊은 친구라 그런지 혈기만 있군."

적연은 대답하지 않았다.

"이 일을 어떻게 처리했으면 좋겠느냐?"

"저에게 기회를 주십시오."

문진은 득의만만한 미소를 지었다.

"그대는 어떻게 하겠소?"

"나는 걸어오는 싸움을 마다하는 사람이 아니오."

"이봐요!"

해월령이 애처롭게 외쳤지만 적연은 묵묵부답이었다. 천해주는 빙그레 웃으며 해월령의 어깨에 손을 얹었다.

"이리 와서 지켜보렴."

"제발 그만둬 주세요."

해월령의 애타는 부탁에도 천해주는 단지 고개를 내저을 뿐이었다.

"문진의 말도, 또한 저 청년의 말도 모두 틀린 것은 아니다. 하나 이미 일은 벌어졌고, 좋게 해결할 수 있는 방법은 이것밖에 없다."

"억지예요."

"억지기는 하지."

천해주는 너무도 여유롭게 해월령의 말을 받아넘겼다. 도리어 그녀가 머쓱해질 정도였다.

"왠지 저 청년의 눈이 마음에 들었어. 지극히 맑으면서도 강해. 그리고 절대 물러섬이 없지. 내가 중재했더라도 일은 터졌을 터."

해월령은 입술을 깨물며 연무장 중앙에 마주 선 적연과 문진을 바라보았다.

문도 한 명이 목검 두 자루를 가져왔다.

"목검이라……."

적연의 입가에 비웃음 섞인 미소가 머금어졌다.

"이것으로 도대체 무엇을 하라는 소리지?"

"단지 대련이니까."

문진은 능글맞은 표정으로 어깨를 으쓱했다. 가볍게 고개를 끄덕이는 적연의 입가에 의미심장한 미소가 지어졌다.

"그렇군. 단지 대련일 뿐이군."

적연은 목검을 집어 들고는 가볍게 비껴들었다.

쫘와아!

일순간 적연의 기세가 차가워졌다.

'웃.'

적연을 마주 보고 있던 문진의 눈썹이 꿈틀거렸다.

'이, 이거?'

형언할 수 없는 무언의 기운이 문진의 몸을 억누르고 있는 듯한 느낌이었다. 이마에 식은땀이 절로 맺혔다.

그 모습을 바라보던 천해주의 인상이 굳어졌다.

'살기?'

'단지 대련일 뿐인데' 라고 생각하는 순간 한 가지를 생각해 냈다.

적연은 낭인이었다. 그들은 대련이란 것을 모른다. 오로지 죽일 뿐이다. 그렇지 않으면 자기 자신이 당할 테니까.

'그렇다고는 하지만······.'

정말 엄청난 살기다. 종남파의 장문인인 자신마저 한순간 움츠러들 정도이다.

'근본적으로 우리와는 다르다.'

무림인과는 다르다. 내력도 별로 느껴지지 않고 기수식은 거칠고 투박해 보인다. 하지만 그럼에도 상대를 억누르는 법을 본능적으로 알고 있다.

뭐라고 표현해야 할까.

'길들여지지 않은 순수한 야성을 가진 맹수.'

천해주는 문진을 바라보았다. 벌써부터 상대의 기세에 눌린 듯 안색이 딱딱하게 굳어 있었다.

'자칫 잘못하면 진이를 잃을지도 모른다.'

그렇다면 전력을 다해 적연을 죽일 수밖에 없다. 일개 낭인에게 종남파의 대제자가 패한 것을 알릴 수는 없기 때문이다.

구파일방 중 하나인 종남파의 자존심이 걸린 문제다. 천해주는 주먹을 움켜쥐며 적연과 문진을 바라보았다.

적연이 빙그레 미소를 지으며 문진에게 물었다.

"왜 안 오나?"

"크으윽!"

문진은 침음성을 흘리며 검을 치켜들었다. 하지만 벌써 몸이 굳어 있었다.

"안 오면 내가 가야지."

퉁!

순간 적연이 땅을 박차며 문진에게 달려들었고, 천해주는 지그시 눈을 감았다. 이미 승패가 갈렸기 때문이다.

"그만!"

그 순간 한줄기 다급한 외침이 연무장 안을 울렸다. 천해주는 감았던 눈을 번쩍 떴다.

어느새 해월령이 달려나가 적연의 앞을 막아섰다.

"비키시오."

적연의 말에 해월령은 양팔을 벌린 채 고개를 내저었다.

"제발 하지 마요."

"하겠다면?"

"막을 거예요."

적연은 싱긋 웃었다.

"막을 수 있을 것 같소?"

해월령이 고개를 끄덕였다. 적연은 휘파람을 불며 물었다.

"어떻게?"

"아주 간단하지요."

"간단하다라……. 한번 해보시오."

"내가 부탁… 아니, 명령할 거니까요."

적연은 어이가 없다는 표정으로 웃었다. 하지만 뒤이어 이어진 해월령의 말에 똥 씹은 얼굴이 되어버렸다.

"당신은 고용인, 나는 고용주라고요. 어서 그만둬요!"

툭.

적연의 손에 들려 있던 목검이 힘없이 바닥에 떨궈졌다.

상황이 마무리된 후 천해주는 해월령을 문밖까지 배웅해 주었다.

"그러면 잘 가도록 하렴."

"할아버지도요. 그리고 소동을 일으킨 점, 정말 죄송합니다."

천해주는 고개를 내저었다.

"되었다."

"안녕히 계세요."

해월령은 꾸벅 인사를 한 후 정문 앞 한 켠에 자리 잡은 나무에 기대 서 있는 적연에게 걸어갔다.

"가요."

적연은 고개를 끄덕이다가 힐끗 천해주를 바라보고는 해월령의 뒤를 따라 걸음을 옮겼다.

천해주는 두 사람이 길 저편으로 사라질 때까지 그 자리에 서 있다가 중얼거렸다.

"범상치 않은 인물이로고."

천해주는 이내 표정을 굳혔다.

"그 위압감……."

한순간이지만 자신마저 질렸던 그 위압감.

"왠지 낯이 익은 것 같은 느낌이야."

천해주는 나지막이 중얼거리다가 고개를 내저었다.

그럴 리가 없다. 분명 오늘 처음 보는 얼굴이 아닌가.

"그건 그렇고."

천해주의 양 눈썹이 위로 치켜 올라갔다.

"진이 네 이 녀석! 어서 이리 오지 못하겠느냐? 내 친히 너를 가르치겠노라!"

아무래도 방금 전의 일이 분하기는 했는지 천해주는 씩씩거리며 걸어 들어갔다.

종남산을 내려왔을 무렵, 해월령이 적연을 붙잡고 참았던 말을 쏟아냈다.

"당신이 얼마나 엄청난 짓을 저질렀는지 알아요?"

"뭐가 말이오?"

그랬다. 적연은 아직까지도 방금 전 겪었던 상황에 수긍을 하지 못했다. 해월령은 한숨을 내쉬며 차분히 설명을 해주었다.

물론 말짱 도루묵이기는 했지만.

가치관의 차이란 쉽사리 좁힐 수 없는 것이다. 더욱이 말 몇 마디로는 불가능하다.

"됐어요, 됐어."

결국 체념할 수밖에 없었다.

"생각하지 말아요. 그냥 그러려니 하고 내가 말한 대로만 지켜요. 알았지요?"

적연은 가만히 고개를 끄덕였다.

해월령의 말을 듣는 것이 곤란한 일에 휘말리지 않을 것이라고 생각한 탓이다.

"그보다 오늘은 어쩔 거요? 날이 저물어가고 있소."

적연의 물음에 해월령은 하늘을 바라보다가 한숨을 내쉬었다.

"어쩔 수 없지요. 내려가면 마을이 있으니 오늘은 거기서 묵도록 해요."

"알겠소."

적연은 선선히 수긍을 하며 발걸음에 더욱 속도를 붙였다.

산은 해가 더 빨리 떨어지기 때문에 빨리 가야 했다.

다음날.

종남산 바로 밑에 형성된 마을에서 하루를 묵은 적연과 해월령은 아침 일찍 길을 떠났다.

"이제는 어떻게 가야 하오?"

적연의 물음에 해월령이 미소를 지었다.

"남쪽으로 관도를 쭉 따라 내려가기만 하면 돼요. 그러면 호북성에 도착할 거예요."

"그렇군."

적연은 고개를 끄덕이며 힐끗 뒤를 바라보았다.

추적자와의 일 이후로 생긴 버릇이었다. 분명 뒤에서 따라오고 있을 것임이 분명했으니까.

하지만 이번에도 역시 보이지 않는다.

'이상하군.'

참을 줄 아는 자라고 생각하기는 했지만 이쯤 되면 너무한 수준이었다. 아예 움직임 자체가 없었다.

"후우."

복잡한 상념은 이내 접어버렸다. 언젠가는 다시 움직이게 될 것이다.

'어떤 놈인지 궁금하기는 하군.'

도대체 얼마나 대단한 놈인지 얼굴이라도 한번 보고 싶다는 마음이 들기는 했다.

"좋군."

저 멀리서 적연의 뒤를 따르던 미친개는 팔을 붕붕 휘둘러 보았다. 고통은 많이 사라졌다. 이제는 신경 쓰이는 일 없이 평상시만큼 움직일 수 있는 수준이 되었다.

"으드득."

미친개가 이를 부드득 갈았다.

"똑같이 돌려주지 않으면 내가 사람이 아니고 개다, 개."

미친개는 과도가 든 가죽 주머니를 매만지며 다짐했다.

'그런데.'

문득 미친개의 시선이 뒤쪽으로 힐끗 돌아갔다.

보이지는 않지만 누군가 자신을 바라보고 있음을 알 수 있었다. 추적자인만큼 도리어 그런 데 민감하다.

'누구지?'

한 가지 확실한 것은 시선이 미친개 자신을 향해 있다는 사실이었다.

'나만큼은 아니지만 상당한 수준에 이른 녀석이군.'

궁금했다. 누가 자신을 노리는 것인가?

'곤란하군.'

미친개는 혀를 내밀어 입술을 살짝 적셨다. 지금 자신에게 주어진 임무는 적연과 해월령을 처리하는 것이다.

하지만 자신을 쫓는 시선이 신경 쓰였다.

결론은 곧바로 나왔다. 일단은 자신에 관계된 일부터 처리하자는 것이었다.

"난 소중하니까."

미친개는 뒤를 향해 몸을 날렸다.

위에서의 명령으로 미친개의 뒤를 따르던 만마대 소속 살수 일호와 이호는 갑자기 허공에서 뚝하고 떨어진 미친개를 보며 눈을 끔벅였다.

겉으로는 별로 내색하지 않는 것처럼 보이지만 내심 상당히 놀란 상태였다.

미친개는 팔짱을 긴 채 흑의복면인 두 사람을 바라보며 물었다.

"너희는 뭐냐?"

대답이 없다. 있을 리가 없다.

미친개의 입가에 희미한 미소가 머금어졌다.

"하기야 너희들이 대답할 리가 없지."

희미하던 미소가 점점 더 짙어졌다.

"너희 같은 놈들을 다루는 법은 아주 잘 알지. 왜냐고?"

저벅저벅.

미친개는 천천히 걸음을 옮기며 말을 이어갔다.

"같은 부류니까."

말이 끝남과 동시에 미친개가 단번에 흑의복면인 두 사람을 덮쳐 갔다.

적연은 발걸음을 멈추고 뒤쪽을 바라보았다.

"무슨 일이에요?"

앞서 걷던 해월령이 의아한 표정을 지으며 물어왔다. 적연은 한참을 대답없이 서 있다가 약지로 귀를 후볐다.

"내가 잘못 들은 건가?"

"예?"

"왠지 사람 비명 소리가 들린 것 같아서 말이오."

"난 못 들었는데요?"

해월령은 어깨를 으쓱했다. 적연은 입가에 손을 대고 잠시 생각하는 듯하다가 멈췄던 걸음을 옮기기 시작했다.

"지독한 놈들."

미친개는 땅바닥에 얼굴을 박고 꼬꾸라진 흑의복면인 둘을 내려다보며 혀를 내둘렀다.

두 녀석을 잡아 죽치는 것까지는 어렵지 않았다. 주머니 안의 물건을 꺼내듯 수월했다고나 할까?

문제는 그 뒤였다. 배후를 알아보기 위해 심문을 하려던 찰나 두 명이 입에 물고 있던 알약을 물고 자살해 버렸다.

"결국은 미궁에 빠져들었군."

미친개는 침음성을 삼켰다. 이제는 어떻게 할 것인가.

"에이, 몰라."

적연과 해월령의 뒤를 다시금 따르는 것뿐이었다. 자신에게 입힌 상처는 목숨으로 갚게 할 생각이었다.

"더 이상 지체할 수 없어. 빨리 끝내야 해."

미친개는 다짐하듯 중얼거렸다.

길을 잃어 도움을 받을 무렵 같이 동행해 주었던 중년 사내가 전해준 언급이 생각났다.

"호북성에 들어가기 전에 끝내야 합니다."

일단 호북성에 들어서면 수많은 명문 문파들이 있고, 그들의 세력권이 아닌 곳이 없다.

거사를 행하는 데 있어서 제한을 받을 수밖에 없다.

지금의 이동하는 속도로 볼 때 며칠 이내로 섬서성을 지날 것이다. 그렇다면 남은 기회는 거의 없다고 봐도 과언이 아니다.

'가자.'

끝내야 한다. 며칠 이내로.

하지만 곧바로 지금의 문제에 부닥쳤다.

"자식들, 걸음 한번 겁나게 빠르네."

이미 적연과 해월령의 모습은 보이지 않았다. 미친개는 한숨을 내쉬며 언제나처럼 바닥에 코를 박았다.

쿵쿵.

이내 두 사람의 체취를 찾은 미친개는 속도를 붙여 달리기 시작했다.

第四章
낭인 대 낭인,
그리고 천라지망

龍
劍風

　길을 떠난 지 이틀 만에 섬서성 남부 도시 순양에 도달한 적
연과 해월령은 건량을 두둑이 사 들고 곧바로 길을 재촉했다.

　오늘만 빠르게 가면 내일 점심나절쯤에는 호북성에 들어설
수 있게 될 것이기 때문이다.

　"저번에도 한번 말했지요? 호북성에만 들어서면 지금보다
는 훨씬 안전하게 길을 재촉할 수 있을 거예요."

　적연은 고개를 끄덕였다. 분명 그런 말을 했었다.

　호북성에는 구파일방 중 하나인 무당파를 비롯해 칠대세가
중 다섯 곳이 거대한 세력권을 형성하고 있다.

　"그렇다면 오늘은 밤늦게까지 걷도록 합시다. 잠이야 최소
한도로만 자면 되니까."

오늘 저녁이 최대의 고비일 것임이 분명하다.

적연은 눈을 번뜩이며 발걸음에 더욱 속도를 붙였다.

그렇게 얼마나 걸었을까. 해가 떨어지고 주위가 어두워졌다.

"길이 울퉁불퉁해졌네."

해월령은 눈살을 찌푸렸다.

산길로 접어든 길은 좁고 험하기 그지없었다.

'좋지 않군.'

적연은 눈살을 찌푸리며 주위를 살폈다. 길 양옆으로는 울창한 숲이 형성되어 있었고 높게 뻗은 나무로 인해 밤하늘조차 드문드문 보일 뿐이었다.

기습하기에 가장 좋은 지형지물이다. 당하는 입장에서는 불리하기 그지없지만 공격하는 입장에서는 더없이 좋은 환경이었다.

'이럴 때는 대막보다 더 까다로운 점이 있군.'

사막뿐인 대막은 잠복하고 있기가 어렵다. 이런 지형지물이 어디에 있는가. 오로지 모래산뿐이었다. 기껏해야 모래에 파묻고 있다가 적이 오면 뛰어나가거나 활을 쏘는 것이 다였다.

"뭘 그렇게 둘러봐요?"

해월령의 물음에 적연은 심각한 표정을 지었다.

"조심하도록 합시다."

"당신이나 조심……."

해월령은 핀잔을 주며 한 걸음을 내딛다가 밑으로 푹 꺼져 들어갔다.

"꺄악!"

"제길!"

적연은 순간적으로 몸을 날려 해월령을 낚아채며 아래쪽으로 시선을 돌렸다.

일 장여 정도 되는 깊이의 구덩이 바닥에는 날카롭게 잘린 대나무들이 박혀 있었다.

꿀꺽!

해월령은 저도 모르게 침을 꿀꺽 삼켰다. 자칫했다가는 저기에 온몸이 관통되어 즉사할 뻔했다.

"이, 이건 도대체?"

해월령은 떨리는 목소리로 중얼거렸다. 적연은 입술을 깨물었다.

"내 뒤를 따르시오."

엄청나게 놀랐는지 해월령은 고개를 끄덕였지만 이것은 시작에 불과했다.

거짓말을 조금 보태 한 걸음을 내디딜 때마다 갖가지 함정이 둘을 향해 들이닥쳤다.

"허억! 허억!"

해월령은 비 오듯 땀을 흘리며 적연의 어깨에 얼굴을 기댔다.

서 있을 힘조차 없었기 때문이다.

힘든 것은 적연도 마찬가지였다. 육체적인 것은 둘째 치고 정신적으로 피곤했다. 누군가를 지켜내야 한다는 사실이 더욱 그랬다.

혼자라면 이곳을 빠져나가는 것이 훨씬 수월할 것이다. 하지만 해월령을 호위해야 하는 입장이다.

"어, 언제쯤이나 되어야 끝나는 걸까요?"

질린 표정이 역력한 목소리로 해월령이 물어왔다. 적연은 이빨을 으드득 갈았다.

"정정당당하게 나오란 말이야!"

결국 참지 못하고 해월령이 빽 소리를 질렀다. 나오란다고 순순히 모습을 드러낼 리 없다.

화가 나는 것은 적연도 마찬가지였다. 하지만 이런 때일수록 머리는 차갑게라는 말이 있다.

'어디냐?'

적연은 온 신경을 집중해 추적자가 있는 곳을 찾기 위해 안간힘을 다했다.

저번처럼 흑뢰탄을 쓰고 싶었지만 남은 것이 없었다. 자신의 감각만을 의지할 수밖에 없다.

그 순간이었다.

사사삭.

전방의 풀숲이 아주 미약하게 흔들렸다.

"이곳에 있으시오."

적연은 해월령에게 말한 후 단번에 땅을 박차고 앞으로 치고 나갔다.

휘이잉!

그와 동시에 검을 들어 대각선으로 풀을 그었다.

울창하던 풀이 무가 썰리듯 깔끔하게 사선으로 베어졌다.

피잉!

순간 눈동자에 과도가 보였다. 바로 적연을 향해 날아들고 있었다.

'칫.'

적연은 검을 치켜들었다. 그와 동시에 티잉! 하는 소리와 함께 과도가 검날에 튕겨 바닥에 떨어졌다.

탁탁탁!

어둠에 묻혀 형상이 보이지 않기는 했지만 뚜렷한 발걸음 소리가 들려왔다.

"거기냐?"

적연은 전력을 다해 미친개의 뒤를 따랐다.

이윽고 조금씩 도망치는 미친개의 형상이 보이기 시작했다. 적연은 살기를 풀풀 풍기며 품에서 비도를 꺼내 날렸다.

그 순간 미친개가 방향을 틀었다.

피이잉!

비도는 아무것도 없는 어둠 속으로 사라져 버렸다. 적연은 눈썹이 휘날리도록 미친개의 뒤를 쫓았다.

타다닥!

미친개의 눈앞을 막아서고 있는 두 개의 나무가 보였다. 문제는 양옆의 간격이 너무 좁다는 것이었다.

탁!

미친개는 한쪽 발을 디디며 뛰어올랐다. 그와 동시에 몸을 옆으로 틀며 절묘하게 나무 사이를 지나쳤다.

"흥!"

적연은 눈썹 하나 찡긋거리지 않고 검을 휘둘렀다.

샤각!

쿠구궁!

두 그루의 나무가 베어져 미끄러지듯 넘어갔다.

적연은 훌쩍 나무를 뛰어넘었다. 곧바로 성인 한 사람 키는 될 듯한 높이의 바위가 앞을 가로막고 있었다.

탁! 탁! 팍!

적연은 보폭을 넓게 뛰며 도움닫기를 한 후 바위 위를 훌쩍 넘었다. 그 순간이었다.

"걸렸다."

아래쪽에서 들려온 득의만만한 목소리.

적연의 고개가 아래쪽으로 향했다. 바위 아래쪽에서 기다리고 있는 미친개의 모습을 발견했다.

그는 기다란 죽창을 든 채 히죽 웃고 있었다.

'아차!'

적연의 눈이 찰나간 크게 흔들렸다.

미친개는 죽창을 위로 찔러 올렸다.

"죽어!"

'치잇!

적연은 몸을 기이하게 틀었다.

슈각!

그와 동시에 날카로운 죽창이 적연의 몸을 스치고 위로 뻗어 올라갔다.

찌익!

죽창 끝이 적연의 오른쪽 볼을 찢으며 올라갔다. 급박한 상황인지라 아픔을 느낄 새가 없었다.

적연은 재빨리 손을 뻗어 죽창을 잡아채 겨드랑이에 끼고 바닥으로 내려앉았다.

"아닛?"

죽창이 앞쪽으로 기울어지며 미친개의 몸이 공중으로 붕 떴다.

적연은 히죽 웃으며 죽창 아래를 손바닥으로 쳐서 밀어 올렸다.

펵!

"억!"

짧은 타격성과 함께 죽창이 미친개의 옆구리에 틀어박혔다. 하지만 미친개를 공격한 쪽의 죽창은 날카롭지 않고 뭉툭했다.

관통된 것이 아니라 그저 타격만 주었을 뿐이다. 미친개는 인상을 구긴 채 몸을 일으키며 뒤로 몸을 날리려 했지만 여의치가 않았다.

어느새 적연이 몸을 잔뜩 웅크린 채 달려들 자세를 잡고 있었기 때문이다.

도망치기 위해 조금이라도 몸을 움직이는 순간 공격해 올 것이다. 옴짝달싹도 할 수 없는 상황이었다.

적연은 미친개를 노려보았다. 찢긴 오른 볼에서 피가 흘렀지만 닦아낼 여유가 없었다.

미친개를 죽이는 것에 온통 관심이 쏠려 있었다.

'끝장을 내고 말리라.'

적연은 소매로 볼을 닦아냈다.

"누군지 정말 궁금했어."

적연의 말에 미친개는 어색한 미소를 지었다.

"나 역시 마찬가지야."

"과연 대단하군. 하마터면 당할 뻔했어."

대단하다고밖에 설명할 수 없었다. 이토록 고생해 본 적은 평생을 살아오며 거의 없었다.

"아깝군. 죽였어야 했는데."

미친개의 투덜거림에 적연은 실소했다.

적을 눈앞에 두고도 실로 엄청난 배짱이다.

짐짓 여유있는 표정을 짓고 있었지만 미친개는 옆구리에서 느껴지는 통증에 숨이 턱턱 막혔다.

'갈비뼈가 나갔군.'

숨을 쉬기도 버거운 것을 보니 부러진 뼈가 폐를 찌른 것 같았다.

적연은 가볍게 숨을 고르며 말문을 열었다.

"네 이름은 뭐지?"

미친개는 히죽 웃었다.

"알아서 뭐 하게?"

"가끔씩 생각은 해주지. 날 애먹인 존재로서."

오만하다고 볼 수 있는 말이었지만 전혀 그렇게 느껴지지 않았다.

미친개가 보기에 적연은 그럴 만한 실력을 가지고 있었다. 하지만 기 싸움에서 지고 싶은 마음은 추호도 없었다.

"이거 참 영광이군. 나 역시 가끔씩 생각은 해주지. 어때? 영광이지?"

"입은 살았군."

말을 하면서도 이토록 히히덕거리고 있는 자신을 이해할 수가 없었다.

'왜지?'

적연은 자신의 적이었다. 죽여야 할 목표다.

"하아."

문득 미친개가 한숨을 내쉬었다.

'죽일 수 있을까?'

정면 대결로서는 절대 무리다. 이미 적연이 자신보다 훨씬 강함을 알고 있었다.

뿌드득.

"해보자. 해보는 거야."

미친개는 눈을 부릅뜨며 과도를 집어 들었다.

'아, 씨, 왜 이런 것밖에 없는 거야?'

보통 살수들은 장검을 지니고 다니지 않는다. 잠행을 함에 있어서 거추장스럽기 때문이다.

살수들의 무기는 다채롭기는 하지만 일 대 일 대결에 있어서는 대부분이 불리한 것들뿐이다. 비검이나 낚싯줄, 그리고 여러 가지 독극물 등이 필수 지참물이다.

적연은 휘파람을 불며 말문을 열었다.

"과도라……. 여유인가?"

'이것밖에 없어, 임마.'

겉으로는 미소를 지었지만 속은 새카맣게 타 들어가고 있었다. 그렇다 한들 피할 수는 없다. 어떻게든 끝을 봐야 한다.

스윽.

미친개는 과도 손잡이를 거꾸로 잡은 역수도로 자세를 취하며 적연을 바라보았다.

'하긴, 과도(果刀)도 도(刀)긴 하군.'

적연은 실소를 하다가 미친개의 자세가 많이 낯익다는 사실을 깨닫고는 눈을 동그랗게 떴다.

"음?"

한 발을 앞으로 내밀고 상체를 숙인 모습.

자신의 목숨은 개의치 않고 오로지 공격만을 위한 자세였다. 그리고 저런 식의 역수도 자세를 쓰는 부류는?

"낭인?"

더욱 정확히 말하자면 대막의 낭인들이 즐겨 쓰는 역수도 자세였다.

"대막 출신인가?"

꿈틀.

미친개의 굵은 눈썹이 한순간 꿈틀거렸다.

"알 필요 없다."

미친개는 표정을 음습하게 굳히며 땅을 박차고 나갔다.

쉬아악!

적연의 앞에까지 들이닥친 시간은 찰나였다.

"흥."

적연은 뒤로 한 걸음 물러나며 검을 위에서 아래로 내리 베었다.

미친개가 과도의 날이 없는 부분을 손등에 붙인 채 팔을 들어올렸다.

땅!

맑은 소리와 함께 적연의 검이 미친개의 과도에 막혔다. 미친개는 순간적으로 적연의 검을 밀어냈다.

탕! 하는 소리와 함께 적연의 상체가 뒤로 살짝 젖혀졌다.

'틈!'

미친개는 그 순간을 놓치지 않고 몸을 숙였다. 그 순간 그의 두 눈동자에 적연의 무르팍이 맺혔다.

'제길.'

쾅!

"으으으."

미친개는 신음성을 흘리며 눈을 떴다.

"내가 도대체?"

"깨어났나?"

갑자기 들려온 소리에 고개를 돌려보니 바위에 걸터앉아 있는 적연의 모습이 보였다.

"뭣?"

미친개는 화들짝 놀라며 몸을 일으키려 했다. 하지만 움직일 수가 없었다.

그제야 자신이 포박당해 있음을 깨달았다.

풀썩.

미친개는 격렬하게 반응하던 몸에 힘을 빼고는 적연을 바라보았다.

"얼마나 기절해 있었지?"

"일다경 정도."

"얼마 안 되었군."

미친개는 한숨을 내쉬다가 얼굴이 얼얼한 것을 깨달았다. 적연의 무릎 공격에 제대로 얻어맞은 탓이리라.

'단 한 수의 공격에 당해 버리다니.'

지금 자신의 꼴이 우스웠다.

얼마나 많은 준비를 했고 정성을 들였는가. 이런 결론은 입맛이 씁쓸하다.

'어쩔 수 없다.'

미친개의 눈이 가늘어졌다. 비록 낭인이기는 하지만 살수의 행동 지침에 대해서는 알고 있다.

피치 못할 사정으로 잡혔을 때의 대응 요령을 말이다.

"어?"

어금니 사이에 붙어 있어야 할 단약이 혀끝에 느껴지지 않았다. 적연은 미친개를 바라보며 히죽 웃었다.

"소용없어."

적연의 손에 초록색 빛의 자그만 단약이 들려 있었다. 미친개의 눈이 가늘어졌다.

"나에게 도대체 뭘 바라는 거지?"

"당연하지 않나? 시주한 자가 누군지 이런 것."

"지랄하지 말고 어서 죽여."

적연은 몸을 일으켜 미친개에게 다가갔다.

"어차피 쉽사리 이야기해 줄 것이라곤 생각하지 않았어. 그렇다면 다음으로 넘어가지."

미친개는 고개를 갸웃거렸다. 이것 말고 중요한 것이 뭐가 또 있단 말인가.

"아까의 물음에 대답을 듣지 못했어. 대막 출신인가?"

"대답할 이유가 없다."

"혹시 네가 날 알고 있을지도 모른다는 생각을 했어."

미친개는 콧방귀를 뀌었다.

"난 널 모른다."

"얼굴은 모르겠지."

너무도 확신에 찬 말에 미친개의 눈이 찰나지간 흔들렸다. 다른 것보다 이 끝도 없는 자신감이 마음에 걸렸다.

"대막의 사람들은 날 이렇게 불렀지. 이름과도 비슷해."

미친개는 아직까지도 의아스런 표정을 짓고 있었다.

적연은 진득한 미소를 지으며 말문을 열었다.

"적랑(赤狼)."

순간 미친개의 눈이 부릅떠졌다.

"붉은 이리?"

나무 밑에 앉아 있던 해월령이 적연을 발견하고는 몸을 일으켰다.

"늦었어요!"

"미안하오."

해월령의 표정에는 한 점의 그늘도 보이지 않았다. 적연은 쓴 미소를 지었다. 두려움에 떨고 있지나 않을지 걱정했건만 기우였던 모양이다.

"어떻게 되었어요?"

"뭐, 잘 끝났소."

적연의 말에 해월령의 얼굴에 안도의 표정이 지어졌다.

"잘되었네요."

"그렇소. 잘되었소."

"알아낸 것은 뭐 있어요?"

적연이 턱가를 긁적였다.

"별로 알아낸 것이 없소."

"그렇군요."

해월령은 아쉽다는 표정을 지었지만 어쩔 수 없다고 생각했다.

"심우회란 곳은 아시오?"

"심우회?"

적연의 말에 해월령은 잠시 기억을 더듬다가 고개를 내저었다.

"처음 듣는 곳이네요. 그건 왜요?"

"의뢰를 받은 곳이니까."

"심우회라……."

해월령은 다시금 생각해 보았지만 처음과 마찬가지였다.

"그래도 한 가지는 알아냈으니 다행이네요."

적연은 고개를 끄덕였다.

"이만 갑시다."

"그래요."

해월령은 고개를 끄덕이며 적연의 뒤에 꼭 붙었다.

"왜 그러오?"

"아직 함정이 남아 있을지도 모르잖아요?"

해월령은 어색한 미소를 지으며 적연의 옷소매 끝을 살며시 잡았다.

적연은 힐끗 뒤를 돌아보았다. 그와 동시에 나무 아래로 누군가가 소리없이 내려앉았다. 미친개였다.

미친개가 이제는 함정이 없다는 손짓을 건넸다. 적연은 고개를 끄덕이며 해월령과 함께 걸음을 옮겼다.

미친개는 조심스럽게 둘의 뒤를 쫄래쫄래 뒤따르기 시작했다.

*   *   *

"일 처리가 아주 기가 막히는군."

그의 말에 눈앞에 서 있던 학사모 총관이 고개를 떨궜다.

"이제는 한술 더 떠 살수가 배신을 해? 아주 잘 돌아가는 꼬라지구먼. 망신스러워서, 이거 참."

총관은 고개를 들지 못했다. 그럴 수밖에 없지 않은가. 말 그대로 개망신이었다.

"의뢰인이 자꾸 일의 경과를 물어오고 있습니다. 어떻게 대답을 해야……."

"말이라고 하나? 이 개망신을 어떻게 말해!"

"끄응……."

"일단 잘 얼버무려 놔."

"원체 까탈스러운 자라서."

"니가 전문이잖아. 알아서 처리해."

총관은 식은땀을 닦으며 명을 받들 수밖에 없었다.

그는 의자 팔걸이를 손가락으로 툭툭 치며 고심하는 눈치였다. 지금의 이 사태를 어떻게든 타파해야 했다.

"신장개업인데 첫 손님부터 이런 식이면 장사 접어야 돼. 어떻게든 처리해."

"…하지만 이미 호북성에 들어섰는데……."

"그래서 이대로 포기하자는 소린가? 말이 되는 소리를 해! 죽여! 어떻게든 조져 버리란 말이야!"

"크음……."

총관은 침음성을 삼켰다. 세력권 안의 문파가 눈치라도 채는 날에는 배로 골치가 아파진다.

"호북성 지도 가져와 봐."

"예."

이내 총관이 지도를 가져와 폈다. 그는 턱가를 매만지며 지도를 바라보다가 한곳을 지정했다.

죽산이었다.

"이 산 이후부터 무당파의 세력권이야. 어떻게든 그 이전에 조져야 해."

꿀꺽.

총관은 마른침을 삼켰다. 현 무림 최고의 명문 문파 중 한곳인 무당파의 이름은 가볍지 않았다.

"호랑말코 도사 놈들에게 걸리기라도 하는 날에는……."

그는 엄지손가락으로 자신의 목을 그었다.

"우린 다 죽는 거야."

"명심하겠습니다."

총관은 무겁게 고개를 끄덕였다. 목숨은 소중한 것인지 눈에는 결연한 빛이 감돌았다.

그는 눈을 지그시 감은 채 손가락으로 이마를 툭툭 치다가 말문을 열었다.

"애들 다 끌어 모아."

"무슨……?"

"천라지망이다."

*　　　*　　　*

적연은 하늘을 올려다보며 눈살을 찌푸렸다.

낮임에도 불구하고 하늘은 어둠침침했다. 금방이라도 비가 쏟아질 것 같은 날씨였다.

"하늘 한번 궁상맞네."

옆에서 걷던 해월령이 투덜거리며 중얼거렸다.

"비가 올 것 같지 않소?"

"예."

적연의 말에 해월령이 고개를 끄덕였다.

"하늘을 보아하니 꽤나 많이 쏟아질 것 같네요."

그리고 자신의 혁낭에서 커다란 우산을 꺼내 손에 쥐고 걷기 시작했다.

"우산 없어요?"

"없소."

"여행하는데 우산 정도는 기본인 거 몰라요?"

"대막은 비가 거의 오지 않소."

"오기는 와요?"

적연이 고개를 끄덕였다.

"아주 조금. 오나마나한 적은 양이지."

해월령이 피식 웃을 무렵이었다.

뚝.

해월령의 볼에 비 한 방울이 떨어졌다.

"오기 시작하네."

그 말이 끝나기가 무섭게 비가 내리기 시작했다. 해월령은
재빨리 우산을 폈다.

이내 빗줄기가 조금씩 굵어지기 시작했다. 해월령은 하늘을
올려다보며 눈살을 찌푸렸다.

"쉽사리 그칠 것 같지는 않아 보이네요."

"그렇구려."

적연은 고개를 끄덕이며 걸음을 옮겼다. 해월령은 그 모습
을 바라보다가 자신의 우산을 가리키며 물었다.

"같이 쓸래요?"

"됐소."

"비 맞으면 감기 걸릴 텐데?"

"상관없소."

생각해 볼 가치도 없다는 듯 거절하는 적연의 모습에 해월
령이 입술을 쭉 내밀었다.

"이리 와서 같이 써요."

"……."

"어서요!"

해월령의 억양이 강해졌다. 적연은 어쩔 수 없다는 표정을 지으며 해월령의 우산 안으로 몸을 들이밀었다.

"당신이 우산 들어요. 키 차이가 너무 나네."

적연과 해월령은 키 차이가 상당히 나는 편이었다. 그러다 보니 적연의 머리가 우산 천장에 닿았다.

적연은 고개를 끄덕이며 우산을 받아 들었다.

"가운데로 들어요. 자꾸 옷이 젖잖아요."

근본적으로 우산이 작았다. 해월령이 더욱 적연의 옆으로 찰싹 붙게 되었다.

"이상한 생각 하는 것 아니에요?"

해월령이 짐짓 장난스럽게 물었지만 적연은 멀뚱한 표정으로 그녀를 내려다볼 뿐이었다.

그녀의 가녀린 어깨에 적연의 팔뚝이 닿았다. 피부에 느껴지는 따뜻한 온기가 왠지 기분 좋다.

"따듯해."

해월령은 황급히 고개를 돌렸다. 자신도 모르게 이상한 말이 튀어나왔기 때문이다. 왠지 얼굴이 화끈거렸다. 하지만 그것을 모르는 적연은 고개를 들어보았다. 저 앞에 산이 보였다.

죽산이었다.

대나무 죽에 뫼 산.

말 그대로 죽산은 온통 대나무 천지였다.

"좋네요."

해월령은 길 양옆으로 쭉 늘어선 대나무 숲을 살피며 말했다.

"이렇게 많은 대나무는 처음이오."

"그래요?"

적연이 고개를 끄덕일 무렵이었다. 해월령이 빙그레 웃었다.

"운치있네요."

"그렇소?"

"근데 표정이 왜 그래요?"

해월령은 적연을 올려다보며 물었다. 죽산에 들어서고부터 표정이 굳어져 있었기 때문이다.

"왠지 분위기가 좀 이상해서."

"이상하다니요?"

"날카롭소."

몸이 압박당하는 느낌이었다. 그리고 불길하다.

사사삭.

대나무 숲 안쪽에서 무언가 희미한 잔영들이 순간적으로 스치고 지나갔다.

'음?'

적연은 눈살을 찌푸렸다.

"정확히는 모르겠지만 꽤 많군요."

해월령은 침음성을 흘렸다.

"도주로는?"

"없소."

절망적인 대답이었다. 파악조차 되지 않을 정도로 많은 적의 숫자가 버거웠다.

적연이 턱가를 쓰다듬을 무렵이었다.

짝짝짝.

"드디어 만났군."

박수 소리와 함께 대나무 숲에 서 있는 자가 있었다. 죽립을 눌러쓴 채 주위 대나무 색에 맞춘 녹색 무복을 입고 있었다.

"이야기는 많이 들었소. 당신 때문에 꽤나 골치를 썩었다고."

해월령은 그 목소리를 듣다가 눈살을 찌푸리며 투덜거렸다.

"말투, 되게 재수없네."

심각한 상황임에도 불구하고 해월령의 한마디가 분위기를 단번에 역전시켰다.

"험험."

머쓱해진 녹색 무복의 사내가 두어 번 헛기침을 내뱉더니 이번에는 적연에게 시선을 주었다.

"당신 이야기도 많이 들었소."

짐짓 근엄한 어조에도 불구하고 적연의 시선은 해월령에게 틀어박혀 있었다.

"당신도 가끔씩은 좀 심각해져 보도록 하시오."

완벽한 무시.

녹색 무복 사내의 주먹이 부들부들 떨리고 있었다. 어차피 이곳에서 죽을 놈들이 아니던가.

"여유를 부리는 것도 여기까지다."

"거 참, 되게 시끄럽군."

적연은 나지막이 중얼거리며 발 주위에 구르고 있던 돌멩이를 냅다 차버렸다.

퍽!

그와 동시에 녹색 무복 사내가 쓰고 있던 죽립 한가운데가 뚫렸다.

털썩.

너무나도 허무한 죽음이었다.

"뒤따라오시오."

적연은 해월령의 손을 붙잡았다.

"떨어지지 마시오."

"에?"

그 순간 대나무 숲 사이에서 수십 명의 녹색 무복을 입은 자들이 모습을 드러냈다. 이것이 모두 다가 아님을 잘 알고 있었다.

일부일 뿐.

'심심하지는 않겠어.'

팡!

적연은 몸을 날렸다. 그와 동시에 해월령이 그의 뒤를 따라 앞으로 쭉 나아갔다.

적연은 검을 뽑아 들며 좌중을 향해 외쳤다.

"와라!"

우우웅!

적연의 외침이 강렬하게 대나무들 사이를 뚫고 뻗어나갔다.

"살!"

적들이 일시에 외치며 일자로 벌린 채 적연을 향해 달려들었다.

"포위!"

무복인 중 맨 선두에 선 자가 외쳤다. 일자로 쭉 늘어선 채 달려오던 양옆의 적이 원형을 그리고 적연 일행을 둘러쌌다.

"타앗!"

적연은 크게 외치며 일직선으로 치고 나갔다. 맨 선두에 선 자를 향해 검을 휘둘러 검째로 베어버렸다.

푸악! 하는 소리와 함께 상반신이 허공으로 치솟으며 피가 솟구쳤다. 한 사람이 죽음으로써 틈이 생겼다.

'그대로 돌파해 버린다!'

적연은 그대로 앞으로 치고 나갔다.

"뒤쫓아와요!"

힐끗 고개를 돌린 해월령이 기겁을 하며 외쳤다. 적들은 포기하지 않고 적연 일행의 뒤를 쫓아오고 있었다.

"뒤돌아보지 말고 무조건 달리쇼."

적연은 해월령의 손을 꼭 붙잡은 채 달렸다.

'이대로는 붙잡히겠어.'

적연은 마음이 조급해졌다. 적과의 거리가 조금씩 좁혀지고 있었다.

"잠시 실례를!"

"에? 꺄악!"

해월령은 갑작스런 말에 의아한 표정을 짓다가 기겁을 했다. 적연이 그녀의 허리를 낚아채 절묘하게 등에 업었기 때문이다.

시집도 안 간 처녀의 몸으로 이름도 모르는 외간 남자의 등에 업힌다는 것은 부끄러운 짓이었지만 이내 체념했다. 이것저것 따질 상황이 아니었다.

해월령은 적연이 조금이라도 움직이기 수월하도록 등에 찰싹 붙었다.

그런 와중에서도 적연의 검은 앞을 막아서는 모든 방해물들을 제거하고 있었다.

한 사람에게 두 번 이상의 공격은 필요치 않았다. 오로지 일검!

슈각!

"아아악!"

한 번의 휘두름으로 또 한 명의 적이 피를 뿜으며 바닥에 널브러졌다.

"죽어라!"

순간 양옆에서 검날이 번뜩이며 찔러 들어왔다. 적연은 가볍게 공중으로 떠오르며 양다리를 벌렸다.

빠박!

각기 달려들던 두 명의 머리통이 뒤로 꺾였다. 두고 볼 필요도 없었다. 즉사였다.

적연은 바닥에 내려앉기가 무섭게 발끝으로 땅을 박차며 앞으로 달려나갔다.

"공격은 알아서 피하시오."

무책임할 수도 있는 말이었으나 지금으로서는 어쩔 수가 없었다.

사방에서 몰려드는 적의 공격을 피하고 반격하는 것만으로도 정신이 없을 지경이었다.

"위, 위!"

그때 등에 업혀 있던 해월령이 다급하게 소리를 질렀다. 적연은 눈살을 찌푸리며 고개를 쳐들었다.

공중에서 십여 명의 적이 눈을 번뜩이며 뛰어내려 오고 있었다.

"칫!"

적연은 눈살을 찌푸리며 허리춤에 매어져 있던 사슬 낫을 꺼내 공중으로 던졌다.

따당!

경쾌한 소리와 함께 검이 잘려 나가며 목이 허공으로 솟구쳤다.

촤르릉!

적연은 사슬 낫을 잡아당겨 손에 쥐고는 다시금 날렸다.

차작!

때마침 적들이 바닥에 내려앉았다. 하지만 원형을 그리며 날아드는 사슬 낫에 순식간에 목숨을 잃었다.

"후우… 후우……."

적연의 입가에서 가쁜 숨이 뿜어져 나왔다. 아무리 그라 한들 쉴 틈을 주지 않고 몰려드는 적들 때문에 체력이 소진되고 있었다.

"괜찮아요?"

해월령이 걱정스런 표정으로 물었다. 적연은 옷소매로 이마에 맺힌 땀방울을 닦아내며 입술을 잘끈 깨물고는 달리기 시작했다.

이번 작전의 총권을 부여받은 심우회의 장로 조형은 심각한 표정을 짓고 있었다.

"사망 서른두 명. 도저히 막을 수가 없습니다. 살아남은 이는 없습니다."

"크음……."

들려오는 보고라고는 온통 아군의 희생 소식뿐이었다.

"그 정도로 강하단 말인가?"

범상치 않은 자라는 소리는 들었다. 하지만 이 정도였단 말인가?

보고를 하러 달려온 연락책은 숨을 헐떡이다가 조심스럽게 말문을 열었다.

"압도적입니다."

"허어! 이것 참."

조형은 고개를 설레설레 저었다.

솔직히 처음에는 긴가민가했다. 고작 몇 명을 처리하기 위해 천라지망을 펼친다는 사실을 믿을 수가 없었기 때문이다.

하지만 막상 부딪치고 보니 이건 사람이 아니었다.

양 무리 속에 뛰어든 맹수와도 같은 기세였다.

'어떻게든 끝을 봐야 한다.'

자칫 잘못해서 무당파의 세력권으로 넘어가기라도 한다면 더 이상 어찌 손쓸 도리가 없었다.

"지금 어디로 가고 있지?"

"서쪽 협곡을 따라 동쪽을 향해 가고 있습니다."

조형의 입가에 희미한 미소가 머금어졌다.

"그곳에서 끝장을 봐야겠군."

"그렇습니다."

연락책의 말에 조형은 고개를 끄덕이며 몸을 일으켰다.

"무리한 공격은 하지 말고 그쪽으로 몰아가도록 전하라."

탁탁탁.

적연은 힘껏 달리며 주위를 살폈다.

사사삭!

여전히 대나무 숲 사이로 수많은 기척이 오고 가고 있었지만 아까와 같은 과감한 공격은 지양하고 있었다.

'이상하군.'

적연이 이상하다는 생각을 할 무렵 양옆에서 화살이 날아들었다.

훌쩍!

그는 가뿐히 몸을 날려 화살을 피하며 발걸음에 박차를 가했다.

"뭔가 이상하지 않아요?"

등에 업힌 해월령이 주위를 살피며 물었다. 적연이 고개를 끄덕였다.

왜 공격을 해오지 않는 것일까.

'어째 몰이를 당하는 것 같은 기분이 드는군.'

적연의 눈동자가 쉴 새 없이 주위를 훑으며 생각했다. 그리고 얼마 지나지 않아 그러한 우려가 현실로 나타났다.

촤악!

적연은 급격하게 발걸음을 멈췄다.

"어, 어!"

적연이 갑작스레 멈추자 미처 대비하지 못한 해월령의 몸이 앞으로 기울어졌다.

"꺄악!"

결국 그녀는 앞으로 굴러 떨어져 버렸다.

"아야!"

해월령은 엉덩이를 손으로 쓰다듬으며 앓는 소리를 했지만 이내 침을 꿀꺽 삼켰다.

그녀의 바로 앞에 절벽이 보였기 때문이다.

"꺄악!"

해월령은 기겁을 하며 뒤로 물러섰다. 적연은 눈살을 찌푸리며 반대편 절벽을 바라보았다.

'반대편까지의 거리는 대략 십오 장.'

적연은 반대편을 바라보며 거리를 가늠해 보았다.

'어떻게든 건너가야 하는데.'

황급히 주위를 살피다가 저 멀리 부러진 다리가 보였다. 아마 적의 손에 의해 유실된 것이리라.

"이런 것이었나?"

이것을 염두에 두고 이쪽으로 몰아온 것이었다.

"어떻게 해요?"

해월령이 걱정스러운 표정으로 적연의 옷소매를 붙잡았다. 적연은 입술을 꽉 깨물다가 한 가지를 생각해 냈다.

적연은 혁낭을 꺼내 뒤지더니 커다란 밧줄을 꺼냈다.

보통의 것과는 약간 모양이 달랐다. 한쪽 끝에 커다란 쇠꼬챙이가 달려 있었다.

"이 정도면 충분해."

적연은 주위를 살피다가 절벽 옆에 박혀 있는 바위에 밧줄을 묶었다. 그리고 쇠꼬챙이가 있는 쪽을 손으로 쥐었다.

'저기다.'

이내 반대편에 커다랗게 솟아 있는 거목을 발견했다. 적연은 허리를 뒤로 당겼다가 튕기듯 앞으로 숙이며 팔을 뻗었다.

쐐애액!

쇠꼬챙이가 달린 밧줄이 쏜살같이 날아가 거목의 정중앙을 뚫고 지나갔다.

찰캉!

그 순간 쇠꼬챙이가 튕기듯 벌어졌다.

적연이 밧줄을 잡아당기자 벌어진 쇠꼬챙이가 나무의 겉면에 틀어박히며 단단히 결속되었다.

"이 정도면 됐군."

적연은 밧줄을 몇 번 잡아당기며 안전함을 확인한 후 해월령을 바라보았다.

"건너가시오."

"예?"

"밧줄을 타고 말이오."

해월령을 단번에 고개를 내저으며 결연한 표정을 지었다.

"같이 가요."

"웃기는 소리 하지 마시오. 시간을 벌어줄 테니 어서 건너시오."

적연은 그녀의 등짝을 후려치며 어서 갈 것을 명했다.

"당신은 어쩌고요?"

"곧 뒤따라가겠소."

"그래도……."

해월령이 주저하는 빛을 띠었다. 적연은 자못 자신만만한 표정을 지으며 말문을 열었다.

"이런 곳에서 죽을 위인으로 보이시오?"

적연의 말에 굳어져 있던 해월령의 입가에 서서히 미소가 머금어졌다.

오만하고 무뚝뚝하며 괴팍한 면도 있지만 실력만큼은 믿을 만하다.

"알았어요."

"넘어가면 바로 도망치시오. 산 밑에서 봅시다."

해월령은 고개를 끄덕였다.

"알겠어요."

"어서 가시오."

적연은 짐짓 여유로운 미소를 지으며 가라고 손짓했다. 해월령은 잠시 그를 바라보다가 어깨에 차고 있던 우산을 건넸다.

적연은 우산을 받아 들며 고개를 갸웃거렸다.

"뭐요?"

"비 오잖아요. 우산 쓰고 와요."

"당신은?"

"난 상관없으니까. 바보같이 감기 걸리지 말라고요."

적연은 히죽 웃으며 우산을 어깨에 걸쳤다.

"꼭 돌려줘요. 알았죠?"

"노력은 해보지."

적연은 빙긋 웃으며 몸을 돌렸다. 해월령은 그 모습을 바라보다가 밧줄에 몸을 실었다.

이윽고 해월령이 밧줄을 타고 절벽 사이를 건너기 시작했다.

'더디군.'

적연은 힐끗 고개를 돌리다가 눈살을 찌푸렸다. 이리 비틀저리 비틀거리는 모습에 보는 사람이 가슴을 졸일 지경이었다.

하지만 더 이상 보고 있을 시간이 없었다. 어느새 수많은 살기가 가까워져 오고 있었다.

'넘어갈 때까지 시간을 벌어야겠군.'

적연은 눈살을 찌푸렸다. 뒤이어 육십여 명에 달하는 적이 들이닥쳤다.

"아직도 이만큼이나 남았나?"

상당히 많이 죽였다고 생각했건만 절반도 되지 않았던 모양이다.

"머리 한번 잘 썼군."

나지막한 목소리와 함께 중앙에서 육십대로 보이는 백발노인이 걸어나왔다. 적연의 눈썹이 꿈틀거렸다.

'강하다.'

몸의 신경 세포 하나하나가 팽팽하게 당겨지는 느낌이었다.

백발노인은 뒷짐을 진 채 입을 열었다.

"조형이라 한다. 귀하는?"

"적연."

짧은 대답이었다. 조형은 빙그레 웃었다.

"대단한 사내다. 우리의 천라지망을 거의 뚫을 뻔했어."

"뚫을 뻔한 것이 아니라 뚫을 거야."

"과연 그럴 수 있을까?"

"두고 보면 알지."

적연의 입가에 걸린 미소가 조금씩 짙어졌다.

휘릭.

붉게 변한 검날은 이미 그 빛을 잃은 지 오래였다. 하지만 그 날카로움까지 사라진 것은 아니었다.

"와라."

적연의 말과 동시에 적이 일시에 달려들기 시작했다.

'어떻게든 밧줄을 사수해야 한다.'

적연의 시야에 바위에 묶인 밧줄이 들어왔다. 그리고 뒤이어 뒷짐을 진 채 서있는 조형을 바라보았다.

'신경 쓰이는군.'

언제까지고 저렇게 뒤에서 좌시하고 있지만은 않을 것이다.

"죽어랏!"

사방에서 찔러 들어오는 검과 창, 그리고 살기로 번들거리는 눈동자가 금세라도 적연을 꿰뚫을 듯한 기세를 뿜어냈다.

"흥!"

적연은 콧방귀를 뀌며 팔을 허리 뒤로 당겼다가 수평으로 베었다.

파바밧! 하는 소리와 함께 대여섯 명이 피를 뿜으며 쓰러졌다.

"대단하도다."

한 번의 공격으로 다섯 명의 수하가 바닥에 쓰러졌다. 궤적 안에 들어온 것은 검이고 창이고 모두 소용이 없었다.

실로 엄청난 강검에 조형은 자신도 모르게 감탄성을 터뜨렸다.

적연은 혀를 내밀어 바짝 마른 입술을 적시고는 쉴 새 없이 몸을 놀렸다. 그의 몸 어디 한곳 흉기 아닌 곳이 없었다.

와작!

적연의 손바닥에 앞에서 달려들던 녀석의 턱주가리가 부서졌다. 옆에서 찔러 들어오는 창을 절묘하게 피하며 그 창을 옆구리에 끼고 몸을 틀었다.

"우와앗!"

긴 창을 들고 있던 적의 몸이 허공으로 붕 뜨며 원형으로 빙글빙글 돌기 시작했다.

적연이 창을 옆구리에 낀 채 몸을 회전시켰기 때문이다.

픽! 퍼픽!

혹시라도 떨어질까 온몸으로 창대를 잡고 있던 녀석의 몸이 동료들을 강타했다.

그 기세가 어찌나 흉흉했는지 적은 적연에게 제대로 접근조차 하지 못했다.

그 순간이었다.

피빙!

갑작스런 살기에 적연이 반사적으로 창을 자신의 앞쪽으로 가져왔다.

그리고 그 순간, 픽! 하는 소리와 함께 한 대의 화살이 창을 삐져 나왔다. 정확히 적연의 양미간 사이, 그것도 피부와 닿기 바로 직전이었다. 더 놀라운 사실은 창대의 재질이 철이라는 것이었다.

꿀꺽.

적연은 자기도 모르게 침을 삼키며 눈을 부라렸다. 그곳에는 활을 늘어뜨리고 있는 조형의 모습이 보였다.

'역시 만만치 않은 자군.'

이 많은 인원수에 저 정도의 사내가 활로 공격을 해온다면 대책이 안 선다.

조형은 아무런 소득도 없는 수하들의 공격에 분통을 터뜨렸다.

"마구잡이로 공격해 봤자 아무런 효과가 없음을 왜 모르느냐!"

추상같은 호통에 심우회의 무사들이 진형을 추스렸다.

그 순간 살짝 고개를 돌린 적연의 입가에 미소가 머금어졌다. 다행히 해월령은 무사히 반대편으로 건너가 발걸음을 재촉하고 있었다.

"옳은 소리이기는 하지만 한참이나 늦었어."

적연은 말을 함과 동시에 재빨리 밧줄을 움켜쥐고는 검으로 바위에 묶인 부분을 베었다.

"안녕."

적연은 비웃음 섞인 미소를 지으며 밧줄을 쥔 손을 들어 보였다.

"아차!"

조형은 눈을 부릅떴다.

적연은 밧줄을 붙잡은 채 절벽을 향해 달리고 있었다.

"막아! 어떻게든 막아!"

조형의 옆에 서 있던 수행무사가 피를 토하는 심정으로 외쳤다.

"우와아!"

무사들은 필사적으로 앞을 막아서고 있었다. 그 순간 적연이 땅을 박차며 공중으로 날아올랐다. 아직까지는 절벽과 조금 떨어진 상황.

"어?"

무사 한 명이 적연의 움직임을 따라 고개를 들었다가 적연의 발에 얼굴을 밟혔다.

퉁!

적연은 무사의 얼굴을 발판 삼아 뛰어 절벽 밑으로 떨어졌다.

피잉!

얼마간의 낙하 후 밧줄의 길이가 다 되었는지 팽팽하게 당겨지며 적연의 무게에 따라 기울어졌다.

팍팍!

적연은 양 발을 들어 벽을 디뎠다.

"웃차!"

그리고 빠른 속도로 밧줄에 의지해 벽을 타고 올라가기 시작했다.

피빗! 피비빗!

순식간에 적연을 향해 수십 발의 화살이 날아들었다. 적연은 한 손으로 밧줄을 잡은 채 몸을 틀며 검을 휘둘렀다.

타닥! 타다닥!

적연을 향해 날아들던 화살이 모두 검에 막혀 밑으로 떨어졌다.

조형은 그 모습을 보고 있다가 옆의 수행무사를 힐끗 바라보았다.

"화살을 다오."

"옛."

화살을 받은 조형이 활을 팽팽하게 당겼다가 시위를 놓았다.

씨아앙!

순간 적연의 귀가 움찔거렸다. 고막을 찢을 듯한 소리였다.

'심상치 않다.'

적연은 절벽 한편에 솟은 바위를 순간적으로 박차며 몸을 날렸다. 그와 동시에 조형이 쏘아 보낸 화살이 방금 전까지 적연이 있던 자리에 틀어박혔다.

퍽!

적연의 눈이 동그랗게 떠졌다. 석 자 정도 길이의 화살이 벽 안으로 완전히 박혀든 탓이었다.

'엄청나군.'

밧줄에 매달려 있던 적연은 양다리를 앞으로 내밀었다 땅을 박차듯 뒤로 튕겼다.

위잉!

그에 따라 밧줄이 조금씩 좌우로 움직이기 시작했고, 점점 그 반경이 커졌다.

조형은 그 모습을 바라보다가 다시금 수하에게 말했다.

"화살통을."

"예."

수하는 들고 있던 화살통을 조형의 발 옆에 놓았다.

끼이익!

조형은 화살 하나를 집어 끼우며 시위를 당겼다가 재빠르게 날렸다.

씨아앙!

마찬가지로 공기 찢는 소리와 함께 화살이 날아갔다. 적연의 몸이 곧 지나치고 지나갈 그곳이었다.

'제길!'

적연은 본능적으로 허리를 튕기며 밧줄의 흔들리는 궤적을 바꿨다.

쾅! 하는 소리와 함께 벽에 틀어박히는 화살!

파!

적연은 벽에 튀어나온 바위를 치고 뒤로 훌쩍 넘었다. 하지만 이번에도 마찬가지였다.

쾅!

적연이 갈 곳을 예상이라도 한 듯 조형의 화살이 벽을 뚫어버렸다. 적연은 계속해서 몸을 튕겨 궤적을 바꾸며 바위를 박찼다.

조형은 다시 한 번 활시위를 당겼다.

'잘 피하고 있기는 하지만 단 한 곳, 변함없는 곳이 있지.'

그의 시선은 나무에서 시작되어 줄을 타고 앞으로 나왔다. 그리고 땅과 절벽의 시작점, 직각으로 꺾여 있는 그곳이 밧줄의 중심 축이었다.

'가라!'

핑! 씨아앙!

귀청을 찢을 듯한 기파와 동시에 화살이 날아가는 그 중심으로 적연의 몸이 솟구쳐 올라왔다.

'어느새 위까지 올라왔더냐!'

조형은 눈을 부릅떴다. 그제야 화살이 틀어박힌 곳의 위치가 조금씩 위로 향하고 있음을 깨달을 수 있었다.

'흥!'

적연은 콧방귀를 뀌며 검신을 들었다.

좌작!

그 순간 화살이 검신에 갈리며 적연의 양쪽 귓불을 스치고 지나갔다.

조형은 멍한 표정을 지었다.

탁!

그와 동시에 적연은 절벽 위에 발을 디뎠다.

뚝… 뚝…….

양쪽 귓불에 맺힌 피가 어깨 위로 떨어졌다.

"……."

조형은 반대편 절벽에 서 있는 적연을 바라보았다. 적연 역시 조형을 가만히 응시했다.

적연은 피식 웃다가 하늘을 바라보았다. 점점 빗줄기가 거세지고 있었다.

촤악!

적연은 해월령에게 받은 우산을 쓴 뒤 조형을 향해 한차례 손을 흔들어주었다. 그리고 유유히 숲 안쪽으로 걸어 들어갔다.

적연의 모습이 숲 안쪽으로 완전히 사라져 버릴 때까지 조형은 멍한 표정을 유지하고 있었다.

"뚫을 뻔한 것이 아니라 뚫을 거야."

자신만만하던 적연의 말이 떠올랐다.

"자, 장로님? 이제는 어떻게 합니까?"

문득 들려온 소리에 정신을 차려보니 수하들이 조형을 바라보고 있었다.

조형은 힐끗 고개를 돌려 자신의 수행무사를 바라보았다.

"며, 명을 내려주십시오."

수행무사의 말에 조형은 냅다 뺨을 후려쳤다.

짝! 하는 소리와 함께 수하가 자신의 뺨을 감싸 쥐고는 어안이 벙벙한 표정을 지었다.

"아프냐?"

"예?"

"아프냐고 물었다."

"아, 아픕니다."

수하의 말에 조형은 고개를 끄덕였다.

"그럼 꿈은 아니군. 돌아가자."

조형은 힘없는 표정으로 걸음을 옮겼다. 수하는 잠시 멍한 표정을 짓고 있었다.

"어여, 안 따라와? 빨리 가자. 배고프다."

"예! 가, 갑니다!"

조형의 말에 수하는 황급히 그의 뒤를 따랐다. 하지만 여전히 왜 자신이 뺨을 맞아야 했는지 이해할 수는 없었다.

적연은 죽산을 내려왔을 무렵 초조해하며 자신을 기다리고 있는 해월령을 발견할 수 있었다.

"여어!"

적연의 외침에 애꿎은 손톱을 물어뜯고 있던 해월령이 환한 표정으로 달려왔다.

"괜찮아요?"

적연은 고개를 끄덕였다.

"다행이다."

안도하는 것도 잠시, 해월령은 적연의 양 귓불이 찢어졌음을 깨닫고는 호들갑을 떨었다.

"피, 피가 나는데?"

"별것 아닌 상처요. 괜찮소. 그것보다 이것을."

적연은 해월령에게 우산을 씌워주며 미소를 지었다.

"약속 지켰소."

"헤헤."

해월령은 배시시 미소를 지으며 고개를 끄덕였다. 적연은 잠시 턱가를 매만지며 물었다.

"이제 어떻게 될 것 같소?"

해월령은 한결 여유로워진 표정으로 말했다.

"대규모로는 못 오겠죠. 하지만 소수의 인원으로는 계속 추적해 올 거예요."

타당한 소리였다. 하지만 왠지 마음 한구석이 찜찜했다. 적연은 찢어진 귓불을 매만지며 중얼거렸다.

"그건 그렇고, 아까 그 영감……."

"잘은 모르지만 아마 장로가 그럴 겁니다."

갑작스런 말소리와 함께 공중에서 미친개가 나타났다. 그는 바닥에 내려앉기가 무섭게 적연을 향해 인사를 올렸다.

"역시나 무사하셨군요. 다행입니다."

"내 근처에 있었나?"

"네."

"보고만 있었나?"

적연의 어조는 책망을 담고 있었다. 미친개는 머리를 긁적이며 능글맞은 어조로 대답했다.

"제 한 몸 빼내기도 버거웠습니다. 일단은 배신자니까요."

미친개의 말에 자세히 살펴보니 옷 여기저기가 잘려져 나가 있었고, 자잘하게나마 상처도 입은 상태였다.

적연은 고개를 끄덕였다. 미친개도 나름대로 공격을 받은 것이다.

해월령은 의아한 표정으로 물어왔다.

"누구예요?"

그녀는 아직 미친개의 존재를 모르고 있었다. 적연은 별것 아니라는 표정으로 손을 내저었다.

"그냥 아는 녀석이오."

"그래요? 소개해 줘요."

"신경 쓸 필요 없소."

듣기에는 완곡해 보였지만 더 이상 묻지 말라는 분위기였다.

"알았어요. 안 물어보면 되잖아요."

해월령은 고개를 끄덕이면서도 못마땅하다는 표정을 지을 수밖에 없었다.

적연은 해월령에게서 시선을 거두며 턱가를 매만졌다. 다시 그 장로란 작자에 대해 생각해 보기 위함이었다.

"그건 그렇고, 장로라… 어쩐지……."

장로라면 엄청나리만큼 강한 무공이 이해가 되었다.

미친개는 잠시 기억을 더듬다가 손벽을 탁 치며 말했다.

"이름이 뭐라더라? 아, 조형! 분명히 조형이라는 이름이었 지요."

적연은 눈을 동그랗게 떴다. 분명 그가 자신을 소개할 때 조형이라고 했다.

"회 내에서는 궁귀라고 불립니다."

"궁귀… 궁의 귀신이라……."

적연은 고개를 끄덕였다. 분명 그 정도의 실력이라면 궁귀란 별호를 붙여도 무방하리라.

그 말을 듣고 있던 해월령이 화들짝 놀라며 외쳤다.

"설마… 궁귀 조형?"

"아는 자요?"

적연의 물음에 해월령이 고개를 끄덕였다.

"말 그대로 궁의 귀신, 궁귀 조형. 엄청난 초고수예요."

"초고수……."

적연의 말끝이 흐려졌다.

"어느 정도의?"

"확실치는 않지만 대부분 말하기를 상위 삼십 명 안에 들 정도는 된다고 하더군요."

"상위 삼십 명이라…….."

강호의 말하기 좋아하는 호사가들이 만든 강호백대고수란 것이 있다. 해월령의 말대로라면 적연이 상대한 조형의 경우 그곳에서도 서른 번째 안에 들 정도의 초고수였다.

"오 년 전부터 행방이 묘연했는데 그런 곳에 있었군요. 그것 도 장로라니…….."

"그렇군."

해월령은 진심으로 감탄한 표정을 지었다.

"정말 대단하네요. 그런 초고수와 겨뤄 이렇게 돌아오다 니."

"그렇군."

적연은 살며시 고개를 끄덕이며 말을 이었다.

"초고수니 뭐니 하는 것은 이만 접어두고 길이나 갑시다. 아 직 안전하지 않소."

"저기…….."

그때 미친개가 한 걸음 다가서며 물었다.

"뭔가?"

"저는 이만…….."

"……?"

미친개의 말에 적연이 고개를 갸웃거렸다. 미친개는 빙그레 미소를 지었다.

"저의 자리로 돌아가겠다는 이야기입니다."

"내 허락받을 필요 없어."

짐짓 적연이 무미건조한 표정으로 말했다. 하지만 미친개는 고개를 가로저었다.

"일단 형님이잖습니까? 말씀을 드려야지요."

"난 네 형님 해준다고 말한 적 없다."

적연은 짐짓 몸을 돌리며 잠시 끊었던 말을 이었다.

"그러니까……."

하지만 그마저도 끝맺을 수 없었다. 이미 미친개가 그 자리에서 사라지고 없었기 때문이다.

해월령이 눈을 끔벅이며 말했다.

"그냥 저기로 가버리던데요?"

적연은 허탈한 미소를 지었다.

"갑시다."

"근데 정말 저 사람, 누구예요?"

잠시 적연의 뒤를 쫄래쫄래 따르던 해월령이 참지 못하고 물었다.

역시나 원하던 대답은 듣지 못했지만.

*　　　*　　　*

쾅!

그는 탁자를 주먹으로 내려쳤다.

와장창!

탁자 위에 놓여 있던 찻잔이 와르르 바닥에 떨어져 깨졌다.

하지만 그의 눈에는 아무것도 보이지 않았다.

"미안하오, 회주. 실패해 버렸소."

하지만 조형의 표정은 여유롭기만 했다. 그는 눈을 부라리며 언성을 높였다.

"말이 됩니까?! 천라지망입니다, 천라지망!"

"그만큼 엄청난 녀석이었으니까."

"하아!"

그는 한숨을 내쉬었다.

"…그 정도로 강하단 말입니까?"

조형은 아무런 대답도 하지 않았다. 단지 고개를 끄덕일 뿐이었다.

"어쩌면 좋겠습니까?"

"아직 기회는 있네, 회주."

"예?"

"나한테 한번 맡겨주겠나?"

"다시 나서시렵니까?"

조형은 고개를 끄덕였다.

"어린 녀석이기는 하지만 오랜만에 호승지심이 일더군."

잠시 주저하는 표정이었지만 그는 고개를 끄덕였다. 지금으로선 믿을 사람이 조형밖에 없었기 때문이다.

"잘 부탁드립니다."

"나야말로 고맙지. 원래 늙은이를 믿어주기가 쉽지 않은데. 허허허."

"죄송합니다. 제가 잠시 정신이 없어 장로님 앞에서 흥분을 해버렸군요."

"아직 젊은 나이니까 괜찮네. 나도 예전에는 그랬어. 그건 그렇고, 떠나기 전에 한 가지 부탁할 것이 있는데."

"무엇입니까?"

"관 하나 맞춰놓게."

"예? 관이라니요?"

그는 고개를 갸웃거렸다. 조형은 짐짓 아무렇지도 않다는 표정으로 말문을 열었다.

"보건대, 필시 둘 중 누군가는 죽는다네. 내가 되었든 그 젊은 녀석이 되어든 간에."

"그런 말씀 하지 마십시오."

"회주, 이만하면 나도 살 만큼 살았네. 그리고 무인이라면 언제든 이 정도 각오는 하고 있어야 하는 법이지."

"……"

조형은 빙그레 미소를 지었다.

"인정한다는 소리야. 그만한 값어치가 있는 사내니까."

그는 고개를 떨궜다.

第五章

제갈여진

龍
劍風

　의성은 죽산에서 오 일 정도 떨어진 거리에 있는 도시였다.

　"아이고, 힘들어."

　해월령은 피곤에 찌든 얼굴로 적연의 옷소매를 쥐며 엄살을 부렸다. 적연은 눈살을 찌푸렸지만 어쩔 수가 없었다.

　그 자신 역시도 피곤했기 때문이다.

　"쉬고 갑시다."

　적연의 말에 해월령이 방긋 미소를 지었다. 객점에 들어간 둘은 점소이의 안내에 따라 자리를 하나 잡았다.

　"에구구!"

　해월령은 의자에 엉덩이를 붙이고 앉으며 앓는 소리를 냈다. 적연은 허리춤에 손을 대며 주위를 둘러보았다.

"앉아요."

"알겠소."

적연은 비로소 자리를 잡고 앉더니 차를 따라 해월령에게 건넸다.

"아, 고마워요."

해월령은 환한 미소를 지으며 뜨거운 차를 호호 불어가며 조금씩 마셨다. 적연은 그 모습을 잠시 바라보다가 한숨을 내쉬었다.

"이제 얼마나 가야 하오?"

"글쎄요. 대략 열흘 남짓?"

적연은 고개를 끄덕였다.

"거의 다 온 거지요."

"거리상으로는 그렇지."

"뭔가 신경 쓰이는 일 있어요?"

해월령의 물음에 적연은 가볍게 한숨을 내쉬었다.

"왠지… 자꾸 궁귀란 자가 눈에 밟히는군."

"아……."

해월령은 고개를 끄덕였다. 궁귀 조형이라면 당연히 그러고도 남을 것이다.

적연은 잠시 생각하다가 고개를 내저었다. 생각해 봤자 아무런 소득이 없음을 알고 있었기 때문이다.

해월령은 잠시 눈을 감고 있더니 한숨을 내쉬었다.

이윽고 주문한 음식이 나올 무렵이었다.

"어?"

해월령이 눈을 동그랗게 뜨며 한쪽으로 시선을 주었다. 그곳에는 무복을 입은 여인이 단정한 자세로 앉아 있었다.

"아는 사람이오?"

"예."

해월령은 고개를 끄덕이며 자리에서 몸을 일으키더니 그쪽으로 걸어갔다.

"여진?"

"어?"

자신을 부르는 소리에 고개를 들던 여인은 놀란 토끼눈을 하며 몸을 일으켰다.

"설마 령이?"

"어머어머! 혹시나 했는데 정말 여진이가 맞구나?"

해월령과 여인은 폴짝폴짝 뛰었다.

"에… 그러니까… 내 친구예요."

해월령의 소개에 옆 자리에 앉은 여인이 적연에게 예의를 갖춘 얼굴로 말문을 열었다.

"제갈여진이라고 합니다."

"적연이오."

적연은 가볍게 목례를 하며 인사를 받았다. 제갈여진은 볼을 살짝 붉히며 고개를 푹 숙였다.

해월령은 배시시 웃었다.

"수줍음 많은 성격은 그대로네?"

"애는 별소리를 다 해."

제갈여진은 해월령의 옆구리를 찌르며 모기처럼 작은 목소리로 중얼거렸다. 해월령은 짐짓 장난스럽게 제갈여진의 입에 귀를 가져다 대며 외쳤다.

"뭐라고?! 안 들려, 계집애야!"

"야, 그만 해."

"뭐?"

"나, 화낸다?"

제갈여진은 홍시처럼 붉어진 얼굴을 감추기 위해 고개를 더욱 푹 떨궜다.

"하하하! 알았어. 그만 하면 되잖아."

해월령은 호탕하게 웃으며 제갈여진의 등짝을 힘껏 후려쳤다.

"꺅!"

제갈여진은 아픔을 참지 못하고 크게 비명을 지르다가 다시금 얼굴을 붉히며 고개를 떨궜다.

"여기까지 웬일이니? 그것도 혼자서 말이야."

해월령의 물음에 제갈여진은 곤혹스러운 표정을 지었다.

"무한에 가는데……."

"너 혼자?"

제갈여진은 살짝 고개를 끄덕였다.

"아버님이……."

해월령은 고개를 끄덕였다. 제갈세가의 문주인 제갈천은 여리기만 한 제갈여진을 못마땅하게 여겼다.

문제는 제갈세가의 대를 이을 사내아이가 없다는 점이었고, 제갈여진이 차기 가주 자리를 이어야 했다.

'한번쯤 혼자 다녀오라고 말씀하신 모양이네.'

촉의 재상 제갈량의 후예인 제갈세가는 예로부터 군략으로 유명했다. 하지만 제갈세가 사람답지 않게 불같은 성격을 가진 제갈천을 떠올린 해월령은 피식 웃었다.

해월령은 제갈여진의 머리를 쓰다듬어 주며 빙그레 미소를 지었다.

"나도 무한에 가."

"정말?"

제갈여진의 큰 눈망울이 동그랗게 변했다. 해월령이 고개를 끄덕였다.

"같이 갈까?"

"응!"

구세주라도 만난 것마냥 제갈여진의 안색이 환해졌다. 적연은 그 모습을 보고 있다가 한숨을 내쉬었다.

왠지 짐이 늘어난 것 같은 기분이 들었기 때문이다.

꾸벅.

해월령과 제갈여진은 병든 닭처럼 어깨를 축 늘어뜨린 채대로를 걸었다.

'그럴 줄 알았어.'

적연은 한숨을 내쉬며 두 여자의 뒷모습을 한심스럽다는 표정으로 바라보았다.

어제저녁 밤늦게까지 수다를 떠는 소리가 들리더니 결국에는 저런 꼴이 되어버리고 만 것이다.

결국 얼마 걷지 않아 두 여자가 바닥에 주저앉았다.

적연은 양손을 허리에 얹으며 한숨을 내쉬었다.

"어쩔 수 없구려."

일단 잠시 쉬어가야 할 것 같았다.

나무 그늘에 나란히 머리를 기대고 앉은 해월령과 제갈여진은 이내 숨을 고르며 잠이 들었다.

"에휴!"

적연은 한숨을 내쉬며 근처에 자리를 잡고 앉았다.

살랑.

때마침 기분 좋은 바람이 불어와 적연의 머리를 흩날리게 했다.

'날씨 좋군.'

대막의 고온 저습한 바람이 아니었다.

적연은 머리를 정돈하다 해월령과 제갈여진을 바라보았다. 정확히 말하자면 제갈여진이었다.

'쯧.'

하지만 이내 고개를 내저으며 한숨을 내쉬었다.

'다 지난 일인데 뭐.'

그리고 그날 저녁, 노숙 준비를 끝낸 적연은 두 여인을 바라보며 말문을 열었다.

"육포는 어떻겠소?"

해월령은 눈살을 찌푸리며 혀를 쭉 내밀었다.

"육포, 질리지 않아요?"

"육포밖에 없소."

"다른 것 좀 먹어요."

"그럼 무엇을?"

"이를테면 고기."

"육포도 고기요."

"예, 고기지요. 말린 고기."

해월령은 그것도 모르냐는 표정으로 물었다. 적연은 씁쓸한 미소를 짓다가 고개를 끄덕이고는 몸을 일으켰다.

어쩔 수 있겠는가.

"잠시만 기다리시오."

"빨리 갔다 와요."

해월령은 방긋 미소를 지으며 숲 속으로 걸어 들어가는 적연을 향해 손을 흔들어주었다.

이윽고 적연의 모습이 완전히 사라졌을 무렵, 제갈여진이 해월령에게 고개를 돌리며 조그만 목소리로 물었다.

"적연님이라고 했지?"

"응. 뭐, 그렇지."

해월령의 대답에 제갈여진은 고개를 끄덕였다. 그리고 잠시 주저하는 빛을 띠다가 말문을 열었다.

"나, 나이가 어떻게 돼?"

"글쎄, 모르겠는데? 물어보질 않았어."

"믿을 수 없어. 넌 그렇게 오랫동안 같이 다녔다면서 나이도 모르니?"

"별로 물을 필요성을 못 느꼈거든."

문득 해월령의 얼굴에 장난기가 머금어졌다. 그녀는 제갈여진의 옆구리를 쿡 찔렀다.

"왜, 마음에 들어?"

"에?"

제갈여진의 얼굴이 붉게 변한 것은 순식간이었다.

"아, 아니야. 너 지금 무슨 소리를 하는 거야?"

"에이, 마음에 들어하는 눈치구만."

"잘생겼잖아."

확실히 적연은 상당히 잘생긴 얼굴이라 할 만했다. 이목구비도 또렷하고 훤칠한 키에 몸의 비율도 이상적이었다.

뭐라고 할까.

"왠지 이국적으로 생기지 않았니?"

"…그런가?"

해월령은 고개를 갸웃거렸다. 솔직히 말하자면 적연의 얼굴을 보고 잘생겼다는 생각을 해본 적이 없었다.

"잘생긴 얼굴이야?"

"세상에! 적연님이 잘생긴 얼굴이 아니면 뭔데?"

제갈여진은 괜히 발끈한 표정으로 따지고 들었다. 해월령은 곤란한 표정을 지으며 손을 내저었다.

"이봐요, 여진 씨. 저 아저씨는 내가 고용한 호위무사일 따름이라고."

"그래요……."

"마음에 들면 들이대 보든가."

해월령의 말에 제갈여진은 얼굴을 붉히는 한편 기가 찬 표정을 지어 보였다.

"네가 그러니까 선머슴이라고 놀림받는 거야."

"선머슴?"

해월령은 눈살을 찌푸렸다.

"네가 보기에도 내가 선머슴처럼 보여?"

"응."

제갈여진은 일고의 고민할 가치도 없다는 표정으로 고개를 끄덕였다. 해월령은 힘 빠진 표정으로 한숨을 내쉬었다.

"그렇구나."

"너도 나중에 시집가려면 좀 여성스러워질 필요가 있어."

"여성스러움이라……."

왠지 입맛이 썼다.

"난 그런 거 모르겠어."

해월령은 다리를 팔로 감싸 안으며 무릎 위에 얼굴을 얹었다.

"여자란 모름지기 다소곳한 맛이 있어야 하는 법."

이어진 제갈여진의 말에 해월령은 황당하다는 표정을 지었다.

"그건 또 어느 나라 이야긴데?"

"그렇게 괄괄하면 시집 못 간다?"

해월령은 손을 내저었다. 이제는 그만 하자는 뜻이었다. 제갈여진도 이만하면 됐다고 생각했는지 말을 멈췄다.

"내가 이상한 건가?"

해월령의 중얼거림에 제갈여진의 눈가에 한가닥 연민 어린 감정이 떠올랐다. 해월령은 쓰게 웃었다.

"그런 표정 짓지 마. 괜히 내가 죄지은 것 같잖아."

"미안."

제갈여진의 눈이 글썽이고 있었다. 해월령은 짐짓 과장스럽게 웃어버렸다.

"하하하! 그건 그렇고, 넌 요즘 뭐 하고 지내냐? 설마 아직도 뜨개질이나 자수 놓니?"

"…응. 의외로 즐거워. 이번에는 아버님 생신 맞춰서 옷 한 벌 해드렸는데 좋아해 주셨어."

"그렇구나."

"넌 부모님 생신 때 선물 뭐 해드리니?"

해월령은 잠시 턱가를 매만지며 기억을 더듬다가 혀를 삐죽 내밀었다.

"기억도 안 난다. 요 몇 년 부모님을 못 뵈었잖니."

"하긴, 너는 바쁘니까."

"너야말로 후계자 수업은 잘 받고 있어?"

해월령의 물음에 제갈여진은 고개를 저었다.

"아니, 너무 어려워."

"잘해봐."

"나한테는 안 맞는 것 같아."

"의외로 맞을 수도 있지 뭘 그래?"

따뜻한 말에 제갈여진은 희미한 미소를 지어 보였다. 그것
은 해월령 역시 마찬가지였다.

부스럭.

때마침 먹을거리를 구하러 숲 속으로 들어갔던 적연이 돌아
왔다. 큰 꼬챙이에 물고기들이 꿰어져 있었다.

"어? 물고기?"

"계곡이 있더군. 육식보다는 나을 것 같아서 잡아왔소."

해월령은 고개를 끄덕이다가 눈을 동그랗게 뜨며 제갈여진
을 바라보았다.

"어? 왜?"

제갈여진은 의아한 표정을 지으며 고개를 갸웃거렸다. 해월
령의 미소가 짙어졌다.

"목욕하러 가자."

"밥 먹고 가시오."

금세라도 제갈여진을 끌고 가려던 해월령은 적연의 한마디
에 들썩이던 마음을 가라앉혔다.

타닥! 타닥!

적연은 물고기가 꿰어져 있던 나뭇가지를 슬슬 돌려가며 물고기를 구웠다.

"의외로 잘하네요?"

"뭐가 말이오?"

"대막에서는 물고기 먹을 일이 거의 없잖아요."

해월령의 말은 타당했다. 물이 거의 없는 대막에서 물고기를 보기란 거의 불가능하다고 봐야 했다.

그런데 적연은 물고기를 잡는 것부터 손질하고 요리하기까지 능수능란한 움직임을 보여주었다.

"지식적으로는 알고 있으니까."

두 손으로 턱을 받친 채 물고기가 익기를 기다리던 제갈여진이 어렵사리 말문을 열었다.

"아는 게 많으신가 봐요?"

"뭐든 배우는 것을 좋아하는 편이외다."

"책은요?"

"책도 읽는 편이지."

제갈여진은 평가하듯 고개를 끄덕였다.

"무공도 강해요?"

"무공? 글쎄……."

적연이 말끝을 흐리자 해월령이 고개를 끄덕였다.

"강해."

"그래?"

"응. 궁귀 조형하고도 싸웠는걸?"

"정말?"

제갈여진의 눈이 고양이처럼 동그랗게 떠졌다. 그녀 역시 궁귀 조형에 대해 알고 있었다.

정확히 말하자면 모를 수가 없었다. 일단은 무가의 여식이었으니까.

"와! 정말 대단하시네요?"

'싸웠다기보다는 도망친 게 맞는데.'

적연은 왠지 양심이 찔리는 것을 느끼며 머리를 긁적였다.

때마침 생선이 다 구워졌다.

"먹도록 합시다."

"잘 먹을게요."

해월령은 기다렸다는 듯 단번에 생선을 한 입 베어 물더니 미소를 지었다.

"맛있다. 속까지 잘 구워졌네요?"

"그렇군."

적연 역시 한 입 베어 물고 고개를 끄덕였다. 하지만 제갈여진은 달랐다. 어디서 났는지 접시를 꺼내 그 위에 생선을 놓고 조심스럽게 뼈를 바르기 시작했다.

경건한 시간이 흐른 후 제갈여진은 젓가락으로 살을 한 점 들어 입에 넣고 천천히 오물거리기 시작했다.

"뭐 해? 빨랑 먹어."

보다 못한 해월령이 재촉했다. 하지만 제갈여진의 젓가락질 속도에는 변함이 없었다.

미치고 팔짝 뛸 노릇이었다. 식사 시간이 늦어지는 것은 적연으로 충분했다.

제갈여진은 살 한 점 집어먹고 손수건으로 입 주위를 한 번 닦는 것을 반복했다.

"니가 공주냐? 공주야?"

결국 폭발한 해월령이 접시 위에 놓인 물고기를 들어 제갈여진의 입에 처넣었다.

"꺄악! 이게 뭐 하는 짓이니, 고상하지 못하게시리?"

'아, 진짜 친구만 아니면 한 대 때려주고 싶다.'

하지만 어쩌겠는가. 원래 성격이 저 모양인 것을.

해월령은 고개를 설레설레 저었다.

결국 제갈여진은 적연과 거의 같은 시간에 식사를 끝내는 기염을 토해냈다.

"목욕하러 가자."

해월령은 볼을 부풀리며 제갈여진을 끌고 숲 안쪽으로 들어갔다. 그러면서 적연에게 한마디 당부를 하는 것도 잊지 않았다.

"훔쳐보면 죽어요."

"그런 취미 없소."

적연은 기가 찬 표정으로 말했다.

"정말이에요."

해월령은 다시 한 번 째려봐 준 뒤 제갈여진을 끌고 갔다.

그 와중에 제갈여진은 적연에게 떨리는 목소리로 말했다.

"저, 저기… 다녀올게요."

"뭘 다녀와, 이 기집애야. 어서 안 따라와?"

"아앗! 끌지 마! 아파!"

적연은 황당한 표정을 지을 수밖에 없었다.

"아, 시원해."

해월령은 계곡에 몸을 담그며 만족스러운 미소를 짓다가 물 바깥으로 시선을 주었다.

"안 들어오고 뭐 해?"

"아, 아니… 그게……."

그곳에는 제갈여진이 엉거주춤한 자세로 선 채 옷으로 몸을 가리고 서 있었다.

"난 차가운 물 싫은데."

"그래서 안 씻을 거야?"

"닭살 돋잖아."

"얼쑤? 계곡 물을 데워주리?"

제갈여진은 눈을 동그랗게 뜨며 물었다.

"그럴 수 있어?"

"하아!"

어이없음에 해월령이 허탈성을 터뜨렸다. 그리고 벌떡 몸을 일으키더니 제갈여진의 손을 붙잡아 이끌었다.

"꺄악!"

첨벙!

갑작스런 기습에 제갈여진은 비명을 지르며 몸을 허우적댔다.

"알았어. 이제 안 할게."

이만하면 되었다고 생각했는지 해월령이 한결 차분해진 어조로 말하자 제갈여진은 눈을 흘겼다.

"너무해."

"넌 눈 흘기는 것도 어찌 그렇게 연약해 보이냐?"

해월령은 피식 웃으며 제갈여진에게 물을 뿌렸다.

"하지 마! 하지 마!"

"하하하!"

해월령은 뭐가 그리 좋은지 깔깔거리며 웃었다.

그렇게 얼마의 시간이 지났을까.

차가운 물에 몸을 맡긴 두 사람의 들뜬 마음도 조금은 진정이 되었다. 해월령은 한숨을 내쉬며 물가에 놓인 바위에 머리를 기대고 하늘을 올려다보았다.

"하아! 좋다!"

"별이 너무 예쁘다."

제갈여진은 미소를 지었다. 과연 밤하늘에는 수많은 별이 수놓아져 있었다.

"네 동생이랑은 어때?"

해월령이 고개를 돌려 제갈여진을 바라보았다.

"뭐가?"

"네 남동생 말이야. 사이 별로 안 좋았잖아."

"아……."

해월령의 입가에 쓸쓸한 미소가 머금어졌다. 그녀는 짐짓 다른 쪽으로 고개를 돌리며 한숨을 내쉬었다.

"글쎄, 여전히 그렇지."

"그래……."

제갈여진 역시 표정이 살짝 굳어졌다.

"어려서는 누나누나 하면서 날 잘 따랐는데……."

"철들면서부터 갑자기 변했지?"

해월령은 고개를 끄덕이다가 한숨을 내쉬었다.

"왜 그러는지 모르겠어, 정말."

제갈여진은 잠시 주저하는 빛을 띠다가 조심스럽게 말문을 열었다.

"오해는 하지 말고 들어?"

"응."

"아무래도 네 동생의 그 태생……."

"여진!"

순간 해월령이 언성을 높였다. 제갈여진은 찔금한 표정으로 잔뜩 몸을 움츠렸다.

"미안."

"못 들은 걸로 할게."

"응."

제갈여진은 잔뜩 움츠린 표정으로 고개를 떨궜다. 해월령은 잠시 숨을 고르다가 희미하게나마 미소를 지었다.

"그런 이야기는 그만두자."

"알았어."

제갈여진은 해월령이 미소를 지어주자 안도의 한숨을 내쉬었다. 그때였다.

부스럭.

갑작스레 숲 저편에서 들린 소리에 제갈여진이 몸을 한차례 격하게 떨었다.

"뭐, 뭐지?"

"글쎄?"

해월령 역시 고개를 갸웃거렸다. 그리고 그 순간,

"꺄아악!"

"음?"

음식 찌꺼기를 땅바닥에 묻고 있던 적연의 고개가 들려졌다.

"습격인가?"

적연이 재빨리 계곡 쪽으로 걸음을 옮겼다.

휙휙! 타닥!

얼굴에 와 닿는 바람과 쉴 새 없이 몸을 때리는 풀잎을 뚫고 들어갔을 때였다.

"엄마야!"

제갈여진이 울음 섞인 목소리로 외치며 적연에게 안겨왔다.

"어어……."

적연은 반사적으로 제갈여진을 품에 안으면서도 주위를 살폈다. 물에 몸을 푹 담근 채 앉아 있는 해월령의 모습이 보였다. 그리고,

찍찍!

한 마리의 다람쥐.

"다람쥐?"

적연의 안색이 풀렸다. 제갈여진이 무언가를 착각한 것이다. 하지만 문제는 다른 곳에 있었다.

"아아……."

해월령이 눈을 깜빡이며 적연을 손으로 가리켰다. 정확히는 그의 품에 안겨 있는 제갈여진을 향한 것이었다.

'음?'

적연은 멀뚱한 표정으로 고개를 숙였다가 그 자리에 얼어붙고 말았다.

제갈여진이 아무것도 걸치지 않은 알몸으로 자신의 가슴팍에 안겨 훌쩍이고 있었다.

해월령마저도 알몸으로 몸을 담그고 있는지라 움직이기 힘든 상황이었기에 적연을 멀뚱히 바라볼 뿐이었다.

때마침 계곡가 옆에 벗어놓은 제갈여진의 옷가지가 보였다. 적연은 그녀를 천천히 토닥여 주는 한편 조금씩 발걸음을 옮겼다.

'이, 이런…….'

또 한 가지의 문제가 터졌다. 그녀를 안고 있느라 몸을 숙일

수가 없었다.

결국 해월령을 바라볼 수밖에 없었다.

천하의 그녀라도 이 상황에서는 부끄러웠는지 물속에 몸을 담근 채 얼굴을 붉히며 제갈여진의 옷가지를 들어주었다. 물론 가슴 부분은 다른 손으로 가린 채였다.

"고맙소."

적연은 난감한 표정으로 제갈여진의 옷을 펴 그녀의 어깨 위에 걸쳐 주었다.

"이젠 괜찮소."

다시금 어깨를 토닥여 줄 무렵이었다.

스르륵.

제갈여진의 몸이 무너졌다. 아무래도 기절한 듯싶었다. 적연은 재빨리 몸을 돌리며 하늘을 향해 고개를 쳐들었다.

"당신이 옷 좀 추스려 주시오. 옮겨줘야 하니까."

"아, 예."

"돌아보지 않겠소."

"그, 그래요."

해월령은 고개를 끄덕이더니 일단 자신의 옷을 챙겨 입고 제갈여진의 옷을 대충 여며주었다.

"됐어요."

됐다는 말에 적연이 조심스럽게 몸을 돌렸다.

"후우."

적연은 한숨을 내쉬며 쪼그리고 앉아 제갈여진을 업었다.

"가서 눕혀놓겠소."

"예."

해월령은 고개를 끄덕이며 적연의 뒤를 따랐다. 이내 풀숲을 나온 적연은 제갈여진을 자리에 눕히고서야 긴 한숨을 내쉴 수 있었다.

"휴우."

맥이 탁 풀렸는지 해월령은 바닥에 주저앉았다.

"……."

"……."

적연과 해월령 사이에 어색한 침묵이 감돌았다. 하지만 언제까지고 이렇게 있을 수는 없었다.

"오늘 일은 없었던 걸로 해요."

무슨 말을 하겠는가. 적연은 고개를 끄덕였다.

"으음……."

그때 제갈여진이 미약한 신음성을 흘리며 몸을 뒤척였다. 적연이 침을 꼴깍 삼킨 것은 말할 것도 없었다.

"무, 무슨 일?"

제갈여진은 몸을 일으켰다. 해월령은 어색한 미소를 지으며 다가갔다.

"너, 몸 약한 것은 여전하구나?"

"응? 나 쓰러졌었니?"

적연은 한숨을 내쉬었다. 다행히 기억하지 못하는 것 같았다.

"그렇구나. 그럼 나 좀 더 잘게."

"응, 자."

해월령은 기꺼이 고개를 끄덕이며 이불을 덮어주었다. 이윽고 제갈여진이 고른 숨을 내쉬기 시작했다. 잠든 것이다.

해월령은 힐끗 제갈여진을 바라보다가 한숨을 내쉬며 바닥에 주저앉았다.

"에구, 다행이다."

"다행이오."

"그러게요."

그러다가 고양이처럼 눈을 희번덕 흘기며 다시 한 번 당부했다.

"오늘의 일은 당신과 나만 알고 있는 거예요. 알았어요?"

적연은 고개를 끄덕였다.

제갈여진은 감고 있던 눈을 살며시 떴다.

'나, 어떻게 해. 외간 남자한테 알몸을 보이고 말았어.'

두근두근.

왠지 가슴이 세차게 뛰고 있었다.

"진짜 자고 있는 건가? 혹시 자는 척하는 거 아니야?"

순간 해월령의 말에 제갈여진은 질끈 눈을 감았다.

'눈치 빠른 계집애.'

그렇게 투덜거리는 것도 잠시, 피곤하기도 했거니와 긴장이 풀리자 자신도 모르는 새에 잠이 들어버렸다.

해월령 역시 어느 정도 심리적으로 안정을 찾자 적연을 바라보았다.

"……."

"……."

서로 말없이 바라보던 해월령의 얼굴이 괜히 붉어졌다.

그에 반해 도리어 적연은 무심한 표정이었다. 일단 상황이 마무리되었고, 이번 일은 없었던 것으로 하자는 약조를 충실히 이행하기 위함이었다.

그래도 어색한 느낌이 드는 것은 어쩔 수 없는 일이었지만.

"…저… 잘게요."

"그러시오."

적연의 말에 해월령은 제갈여진의 옆 자리에 가서 누웠다. 하지만 왠지 잠이 오질 않았다.

그리고 곧이어 치솟는 감정이 있었다.

'뭐야? 왜 저렇게 무심해?'

알 수 없는 노기였다.

第六章

궁귀 조형

龍
劍風

의성(宜城)에 들어선 적연과 해월령, 그리고 제갈여진은 주위를 살폈다.

"의성이면 무한까지는 얼마나 걸리는 거요?"

적연의 물음에 해월령은 잠시 생각하다가 말했다.

"한 일주일 정도? 그 정도 걸릴 거예요."

"그렇군."

적연은 고개를 끄덕였다.

"그럼 발걸음을 재촉하는 것이 낫겠군."

적연의 말에 해월령은 오만상을 찌푸렸다.

"사람이 못된 거 알아요?"

"······?"

"너무 힘들단 말이에요."

적연은 잠시 턱가를 매만졌다. 힘들었나?

문득 해월령의 옆에 서 있는 제갈여진에게 시선이 갔다. 그녀는 해월령에 비해 한결 표정이 좋아 보였다.

"전 괜찮아요."

제갈여진은 빙그레 미소를 지어 보였다.

"다음 도시에서 쉬도록 합시다."

"너, 너무해."

해월령은 안색을 굳히며 투덜거리는 한편 옆에 서 있는 제갈여진의 옆구리를 쿡 찔렀다.

"좀 도와주면 안 돼?"

"에? 하, 하지만……."

딱히 변명할 말이 생각나지 않자 제갈여진이 앞서 걸어가는 적연의 뒤로 쪼르르 붙었다.

해월령은 그 모습을 바라보다가 한숨을 내쉬며 걸음을 옮기기 시작했다.

미친개는 그 모습을 바라보며 미소를 짓고 있었다.

"재미있는 구도다."

'한 남자를 두고 양옆의 여자가 신경전을 벌이고 있다' 라고 그는 멋대로 단정지었다.

"역시 영웅호색이라니까."

괜히 적연이 멋있게 보였다.

미친개는 실없이 웃어 보이며 언제나처럼 적연의 그림자가 되어 그를 뒤쫓았다.

"음?"

그 순간 미친개의 발걸음이 잠시 멈췄다.

스윽.

발걸음을 뗄 수가 없었다. 누군가가 자신의 뒤에 서 있었다.

"……."

미친개는 말없이 호흡을 고르다가 급격하게 몸을 돌리며 과도를 휘둘렀다.

탕!

"……!"

미친개의 두 눈이 크게 치켜떠졌다. 과도가 자그마한 비도에 막혀 있었다. 미친개의 뒤에는 두 명의 평범한 복장을 한 사내들이 서 있었다.

"사냥개들이군."

아무런 대답도 없다. 눈은 무심하게 가라앉아 있었고 기세는 정갈했다. 표정만 살아 있다면 어디서든 볼 수 있는 평범한 사람들이었다.

"대담하기도 하군. 제갈세가의 영역 안에서 칼질이라니."

미친개의 말에도 사내들의 얼굴에는 아무런 표정 변화가 보이지 않았다.

'강하다.'

그 생각밖에 들지 않았다. 추호의 흔들림도 보이지 않는다.

미친개는 잠시 고개를 돌려 적연이 가는 방향을 살펴보다가 한 가지 기지를 생각해 냈다.

"아, 저기! 기가 막히게 예쁜 여자다!"

미친개는 짐짓 과장스럽게 외쳤다.

"……."

하지만 녀석들은 반응이 없었다. 미친개는 눈살을 찌푸리며 투덜거렸다.

"네놈들은 사내도 아니야."

사냥개들의 입가에 차가운 미소가 지어졌다.

캉! 촤장!

숨 쉴 새도 주지 않고 파고드는 비도는 미친개의 사혈만을 집요하게 노리고 있었다.

'젠장.'

미친개는 아슬아슬하게 옆으로 피하며 입술을 꽉 깨물었다.

'이 자식들, 진짜 강하잖아.'

상상했던 것 이상이다.

휭!

잠시 생각하는 순간에도 두 개의 비도가 교차하며 미친개의 머리 위를 스치고 지나갔다.

파스스!

몇 가닥의 머리카락이 눈앞으로 너풀거리며 떨어져 내렸다.

"제기랄! 가뜩이나 머리숱도 없는데!"

미친개는 진심으로 분노하며 아래에서부터 위로 발을 차올렸다.

픽! 하는 소리와 함께 사냥개 한 명의 복부에 틀어박혔다.

"커억."

뒤로 십여 걸음 밀려난 사냥개가 잠시 쿨럭거리더니 지체하지 않고 달려들었다.

"귀찮은 놈들!"

휭!

"웃차!"

미친개는 자신의 미간을 노리고 찔러오는 공격을 왼쪽으로 살짝 틀며 피했다. 그와 동시에 팔을 뻗어 사냥개의 팔을 쳐낸 후 절묘한 수법으로 팔목을 잡아 꺾었다.

콰득!

듣기에도 섬뜩한 뼈 부러지는 소리와 함께 사냥개의 인상이 한순간 일그러졌다. 하지만 그것도 잠시였다.

도리어 자유로운 쪽의 손바닥으로 미친개의 가슴을 후려쳤다.

"커어억!"

미친개는 한순간 숨이 턱 막혀 마른기침을 토해냈다. 하지만 그 틈을 노리고 옆에서 기회를 보고 있던 나머지 사냥개의 발바닥이 그대로 미친개의 복부를 후려쳤다.

쿵!

피할 수 없었던 미친개가 뒤로 쭉 밀려나다가 뒤로 쓰러졌다.

"허억허억!"

미친개는 거친 숨을 몰아쉬며 재빨리 몸을 일으켰다.

"열받네."

흐트러진 머리를 쓰다듬던 미친개의 두 눈이 뱀처럼 가늘어졌다.

"살!"

그 순간 두 명의 사냥개가 크게 외치며 달려들었다. 둘이 꼭 붙은 채 일직선을 달려들다가 옆으로 벌어지더니 원형을 그리며 미친개를 향해 달려들었다.

양옆을 방어해야 하는 상황!

미친개는 재빠르게 양옆으로 눈동자를 굴리며 자세를 잡았다.

'끌어들이자.'

미친개는 호흡을 가다듬었다. 지금으로선 한 놈부터 처리하는 것이 우선이었다.

일 대 이보다는 일 대 일이 유리한 법이니까.

'오른쪽? 아니면 왼쪽?'

순간 미친개의 눈이 빛났다. 오른쪽에서 달려들던 사냥개의 호흡이 거칠었다.

미친개에게 한 번의 공격을 적중당했던 녀석이다.

'저놈부터.'

마음을 정함과 동시에 몸이 오른쪽으로 틀어졌다. 미친개는 땅을 박차며 앞으로 나아갔다.

휘릭!

몸을 숙여 비도를 피함과 동시에 팔꿈치로 녀석의 명치 부분을 정확히 찍었다.

"커헉!"

불시에 일격을 당한 사냥개가 상체를 앞으로 숙였다. 당연한 생체적 반응이었다.

미친개는 재빨리 뒤로 한 걸음을 물러서며 무릎을 쳐올렸다.

쾅!

"커흑!"

커다란 타격음과 함께 충격을 이기지 못한 사냥개의 목이 뒤로 젖혀졌다.

"놈!"

그 순간 왼쪽에서 달려들던 사냥개의 비도가 미친개의 등짝을 노리고 찔러 들어왔다.

하지만 어느 정도는 예상했던 바다. 미친개는 단번에 몸을 옆으로 뺐고, 사냥개의 검은 그대로 앞으로 찔러 나갔다.

그의 검이 향한 곳은 미친개에게 두 번의 공격을 당해 정신이 없는 자기편 사내에게였다.

사냥개는 말 그대로 화들짝 놀랐다.

"웃!"

초인적인 힘으로 검의 궤적을 바꿔 같은 편을 공격하는 불

상사는 막을 수 있었다. 하지만 기다리고 있는 것은 미친개의 손에 들려 있는 과도였다.

푹!

미친개는 재빨리 사냥개의 목줄기에 검을 틀어박았다.

푸악!

피가 솟구치며 사냥개가 상처 입은 자신의 목줄기를 손으로 막았다. 하지만 출혈을 막기에는 역부족이었다.

울컥울컥!

피가 용암처럼 손을 비집고 흘러나와 옷을 적셨다. 날카로운 살기를 뿜어내던 눈은 이미 그 예기를 잃어버린 지 오래였다.

비틀.

갑작스런 대량 출혈에 사냥개가 현기증을 느낀 듯 몸을 비틀거렸다.

휘잉!

그 순간 바람을 가르는 소리가 미친개의 귀를 때렸다.

'지독한 놈들.'

미친개는 왼발은 무릎을 굽혀 걸터앉아 축으로 삼고, 양손은 땅을 짚었다. 그리고 자유로운 오른발을 쭉 펴며 뒤로 원을 그려 한 바퀴를 쓸어 돌렸다. 후소퇴(後掃腿)의 수법이었다.

빠각!

뻑! 쿠당탕!

커다란 소리와 함께 사냥개가 발에 걸려 바닥에 널브러졌다. 미친개는 지체하지 않고 그를 깔고 앉으며 과도를 치켜들고 내리찍었다.

푹! 하는 소리와 함께 피가 왈칵 미친개의 얼굴로 튀었다. 과도는 정확하게 사냥개의 심장 부위에 박혀 있었다.

"하아악!"

사냥개는 눈을 부릅뜨며 발버둥 쳤다. 하지만 이마저도 이내 조금씩 잦아들기 시작했다.

"후우."

미친개는 손가락을 적의 코에 가져가 숨을 쉬는지 확인해 보았다.

호흡이 느껴지지 않는다. 완전히 죽은 것이다.

"그렇다면."

미친개는 몸을 일으키며 한쪽을 돌아보았다.

"커흑! 커흑!"

목을 부여잡은 사냥개는 숨이 쉬어지지 않는 듯 듣기에도 거북한 소리를 내뿜고 있었다.

미친개는 입술을 꽉 깨물었다.

"그대로 둬도 죽겠지만……."

일은 확실히 처리해야 하는 법이다.

미친개는 과도를 움켜쥐며 그쪽으로 천천히 걸음을 옮겼고, 사냥개의 눈은 공포와 절망으로 물들어갔다.

그 순간이었다.

씨아앙!

갑작스런 굉음. 미친개는 재빨리 몸을 피했다.

피웅!

"큭!"

쾅!

미친개는 자신의 왼쪽 팔뚝을 바라보았다. 마치 검상을 입은 것처럼 상처가 길게 벌어져 있었다.

"뭐, 뭐냐?"

미친개가 고개를 들 무렵, 저 멀리서 커다란 활을 들고 있는 백발노인을 발견할 수 있었다.

"구, 궁귀 조형……."

자신을 공격한 것은 한 대의 화살이었다. 살짝 스쳤음에도 불구하고 검에 베인 것과 같은 상처를 입은 것이 이해가 갔다.

'승산이 없다.'

판단은 빠르게 내려졌고, 행동은 그와 동시였다.

미친개는 그야말로 젖 먹던 힘까지 짜내며 몸을 날렸다.

조형은 미친개를 바라보다가 뒤쫓기를 포기했다. 일단 수하들의 상태를 보는 것이 급선무라고 생각했기 때문이다.

파박!

몇 번의 발걸음으로 바닥에 쓰러져 있는 수하들에게 다가온 조형은 상태를 살피다가 침통한 표정을 지었다.

한 명은 죽어 있었고, 다른 이는 너무 피를 많이 흘려 가망이 없어 보였다. 화타가 온다 한들 살려낼 수 없을 것이다.

"꺼흑! 꺼흑!"

조형은 쪼그리고 앉아 점점 죽어가는 수하의 손을 꼭 쥐어 주었다.

"복수해 주마. 편히 눈을 감거라."

애절하던 수하의 표정이 점점 편하게 풀어졌다.

이윽고 눈가가 탁해지더니 눈꺼풀이 감겼다.

툭!

수하의 손이 바닥에 툭 떨어졌다. 조형은 침음성을 흘렸다.

"크흠……."

조형은 품에서 조그만 호롱을 빼 뚜껑을 열고 시체 위에 뿌렸다.

치지직!

이윽고 두 구의 시체가 심한 연기와 함께 역한 냄새를 뿜어내더니 조금씩 녹아내리기 시작했다.

얼마 후 바닥에 남은 것은 홍건한 핏자국뿐이었다.

조형은 잠시 고개를 떨구고 있다가 몸을 일으키며 활을 집어 들었다.

두 눈이 이글거리고 있었다.

팍!

그는 땅을 박차며 몸을 날렸다.

"훅! 훅!"

미친개는 상처 입은 팔뚝을 다른 손으로 부여잡은 채 빠른 속도로 뛰고 있었다. 그리고 그 뒤로 조형이 뒤따라오고 있었다.

씨아앙!

곧바로 귀 뒤에서 들려오는 굉음에 미친개가 급격하게 몸을 옆으로 틀었다.

피윳!

"아악!"

비명성이 터져 나왔다. 이번에는 반대편 팔뚝을 스치고 지나갔다.

탁탁탁!

미친개의 눈이 크게 흔들렸다.

"재빠른 놈이로고."

조형은 차가운 표정을 유지한 채 활을 당겼다.

씨아앙!

피윳!

"악!"

굉음을 내며 날아간 화살이 미친개의 허벅지를 그대로 관통하고 날아갔다.

"어흑!"

다리를 공격당한 이상 미친개도 어쩔 수가 없었다. 그는 공격당한 허벅지를 부여잡은 채 바닥에 주저앉았다.

"자, 잡힐 수는… 없지."

필사적인 각오로 바닥을 기던 미친개는 눈앞이 어두워졌음을 깨닫곤 고개를 들었다.

"다 도망쳤느냐?"

조형이 차가운 눈빛으로 미친개를 내려다보고 있었다.

'제길.'

미친개의 눈이 독해졌다. 그 순간 조형이 마혈을 짚었다.

"죽게 내버려 두지 않아."

조형은 미친개의 옷을 잡고 끌었다.

적연과 해월령, 제갈여진은 모닥불 가에 둘러앉아 음식을 먹고 있었다.

"…그랬더니 아버님이 상당히 좋아하셨어요."

제갈여진은 다소곳이 앉아 차분한 어조로 말을 끝맺었다. 적연은 고개를 끄덕이며 말문을 열었다.

"상당히 손재주가 좋은가 보오."

"좋긴요. 아직 배울 것이 많은걸요."

적연의 칭찬에 제갈여진의 안색이 환해졌다. 그 모습을 옆에서 보고 있던 해월령이 입술을 삐죽이 내밀었다.

"왜 그러시오?"

해월령의 표정이 별로 안 좋아 보이자 적연이 의아한 표정으로 물었다.

"아무것도 아니에요."

짐짓 아무렇지도 않게 말했지만 어조에 묘하게 가시가 묻어 있었다. 영문을 알 리 없는 적연은 연신 고개를 갸웃거렸다.

"요즘 들어 왜 그러오?"

"뭐가요?"

"무언가 마음에 들지 않는 것이 있으면 직접적으로 말하시오. 신경 쓰이니까."

"홍! 남이사."

해월령은 괜히 뾰로통한 어조로 내뱉으며 고개를 돌렸다.

적연은 한숨을 내쉬었다. 왜 그런지는 모르겠지만 건드리지 않는 편이 좋겠다는 생각이 들었기 때문이다.

그리고 그때였다.

저벅저벅. 찌이익.

발걸음 소리와 함께 무언가 끌려오는 소리가 어둠 저편에서 들려왔다. 해월령과 제갈여진은 고개를 갸웃거렸지만 적연의 표정은 순식간에 굳어졌다.

왠지 모르게 몸에 와 닿는 이 위압적인 느낌.

'고수.'

느껴지는 기세만으로도 범상치가 않았다. 하지만 뒤이어 느껴진 느낌은 그를 혼란스럽게 만들기에 충분했다.

'낯익다.'

어디선가 느껴본 적이 있는 느낌. 그 순간이었다.

휙!

갑자기 어둠을 뚫고 커다란 무언가가 발치에 떨어졌다. 적연의 눈이 크게 치켜떠졌다.

"으으으……"

옅은 신음성을 흘리고 있는 사내는 미친개였다.

"너?"

적연이 눈을 동그랗게 뜨며 물었다. 그 순간 미친개가 고통으로 일그러진 얼굴을 들며 말문을 열었다.

"죄, 죄송합니다."

"어떻게 된 일이지?"

적연의 물음에 미친개 대신 어둠 속에서 대답이 들려왔다.

"오래간만이군."

'이것이었나?'

자신의 불길한 예감이 맞아떨어졌음을 깨달았다. 낯익은 느낌과 위압적인 기세.

그리고 이 목소리.

"궁귀."

스윽.

이윽고 커다란 활을 쥐고 있는 조형이 모닥불 불빛에 그 모습을 드러냈다. 적연은 몸을 일으키며 아직까지 얼떨떨한 표정을 짓고 있는 해월령과 제갈여진에게 말했다.

"이 녀석을 데리고 최대한 멀리 떨어져 있으시오."

해월령은 곧바로 상황을 파악하고 미친개를 부축해 물러서기 시작했다. 조형은 해월령을 힐끗 바라보며 차가운 미소를 흘렸다.

"그대에게도 곧 가지."

부르르.

순간 해월령의 몸이 한차례 격하게 떨렸다. 하지만 그녀는 그나마 나은 축에 속했다. 제갈여진은 그대로 바닥에 주저앉을 정도였으니까.

해월령은 조형을 바라보며 어색하게나마 미소를 지었다.

"선배는 나에게 올 수 없어요."

그리고 적연의 뒷모습을 바라보았다. 점차 미소가 자연스러워졌다.

"내 고용인은 강하니까요."

조형은 조소를 터뜨렸다.

"기다리고 있거라. 혹여 도망칠 생각일랑 하지도 말고. 난 의외로 끈질기단다."

해월령은 미친개와 제갈여진을 데리고 싸움에 방해가 되지 않도록 뒤로 물러섰다.

적연은 그 모습을 힐끗 바라보고 있었다.

"언제까지 이 늙은이를 기다리게 할 참인가?"

적연은 조형에게 시선을 고정시키며 말문을 열었다.

"악연이군."

"악연인가?"

조형은 빙그레 웃었다. 수하가 죽어 분노하던 감정은 적연의 앞에 서자 눈 녹듯 사라졌다. 대신 남은 것은 기대감, 그리고 호승심이었다.

"난 악연이라고 생각하지 않는다네."

적연 역시 마주 웃어주었다.

"솔직히 말하자면 고대하고 있었소."

"무엇을 고대했지?"

"노인네 당신이 이 무림에서 서른 번 안쪽에 드는 고수라 들었소."

"서른 번이라……."

조형의 미소가 짙어졌다.

"말 많은 사람들이 지어낸 이야기일 뿐이라네. 실제는 어떨지 모르지."

"그건 차츰 알아볼 생각이고."

적연은 검집에 손을 가져다 대며 말했다. 조형은 눈살을 찌푸리며 궁에 화살을 먹였다.

"예전에 말해주려다가 놓쳤는데……."

끼릭!

"자넨 노인 공경도 모르나?"

탕! 하는 소리와 함께 공기를 찢으며 화살이 적연의 미간을 노리고 정확하게 날아들었다.

적연은 몸을 슬쩍 틀어 아슬아슬하게 화살을 피했다.

후웅!

그 순간 이마를 스치고 지나간 활이 일으킨 광풍에 적연의 머리카락이 미친 듯이 휘날렸다.

'과연 대단하군.'

스릉.

검집에서 검이 뽑혀져 나왔다.

"그렇다면 나도."

적연은 바닥에 쪼그리고 앉아 주먹만 한 돌멩이를 집어 들었다. 그리고 손을 놨다.

돌멩이가 수직으로 떨어져 무르팍 높이에 도달했을 때다. 적연이 다리를 뒤로 당겼다가 앞으로 내뻗자 돌멩이가 정확히 그의 발등에 얹어졌다.

피융!

공기를 가르는 소리와 함께 돌멩이가 빠르게 조형의 미간을 노리고 뻗어나갔다.

조형은 빠른 속도로 화살을 쏘았다.

픽! 하는 소리와 함께 화살이 적연의 옆을 지나 나무에 박혔다. 그리고 화살대의 중앙에 적연이 날려 보낸 돌멩이가 매달려 있었다. 날아오던 돌멩이째로 꿰뚫어 버린 것이었다.

놀라웠다. 얼마나 빠르면 바스러지기 쉬운 돌멩이가 금도 가지 않은 채 꿰뚫렸을까.

꿀꺽.

이번만큼은 적연도 놀랄 수밖에 없었다.

조형은 별것 아니라는 표정으로 어깨를 으쓱했다.

"쓸 만한가?"

짝짝짝.

절로 박수가 터져 나왔다.

"멋지군."

"그러면 답례를 보여보게."

조형의 말은 오만해 보였지만 그렇지가 않았다. 강자만이
지닌 여유였다.

파박!

적연은 땅을 박차며 단숨에 조형의 안으로 파고들었다. 활
의 특성상 근거리 공격에는 약점을 노출할 것이라 생각했다.
복부에 손끝을 박아 넣으면 끝인 것이다.

단번에 등 뒤까지 뚫어버릴 자신이 있었다.

그 순간 조형의 입가에 걸린 차가운 미소.

빽!

적연의 턱이 뒤로 젖혀졌다.

"억!"

적연의 눈이 흔들리며 커다란 충격을 받았다. 단번에 뒤로
물러설 수 있었던 건 그나마 다행이었다.

비틀.

뇌가 흔들린 탓인지 몸이 말을 듣지 않았다.

조형은 자신의 활을 들어 보였다.

"근거리라면 유리할 것이라 생각했나?"

"크윽!"

적연은 얻어맞은 턱을 매만지며 필사적으로 몸의 중심을 붙
잡았다.

'설마 활 그 자체가 공격 수단이 될 줄이야.'

생각지도 못한 전개이다. 그 짧은 순간에 활대로 적연의 턱
을 후려친 것이다.

"쓰읍, 퉤!"

적연이 침을 뱉자 핏물과 함께 부러진 이빨 조각이 떨궈졌다.

"완전히 부러지지는 않았군."

적연은 볼을 매만졌다.

스윽.

적연의 손이 아래로 축 처졌다. 눈가에 머물던 짙은 살기가 겉으로 뿜어져 나왔다.

"열받게 하는군."

적연은 앞으로 흘러내린 머리카락을 뒤로 넘겼다.

그 모습을 바라보는 조형의 눈가가 미약하게 떨렸다.

'기세가 바뀌었다?'

방금까지의 그와 동일 인물이라고는 상상조차 할 수 없었다. 하지만 강호에서 늙은 노고수는 달랐다.

"어린 녀석답지 않은 살기다. 마치……."

순간 조형이 세차게 고개를 내저었다. 적연을 바라보며 터무니없는 사람을 떠올리다니.

"역시 사람 보는 눈이 있어."

아까의 상념은 집어치우더라도 예상했던 것보다 더욱 대단하지 않은가. 강호에 출도한 이래 사십 년. 기세만으로 따지면 다섯 손가락 안에 들어갈 정도였다.

"영감, 실수한 거야."

파앙!

순간적으로 조형은 주위의 공기가 자신에게 몰려온다는 착각을 했다. 그 순간 그의 턱이 뒤로 젖혀졌다.

주륵.

콧가를 타고 흘러내린 따뜻한 무언가가 입 안으로 들어왔다. 찝찌름한 이 맛은 바로 피였다.

"흥분되게 해주는군."

조형은 미소를 지으며 연신 활을 날렸다.

퉁퉁퉁!

쾅쾅쾅!

둘이 맞붙는 지점에서는 연신 폭음과 타격음, 그리고 억누른 듯한 신음성이 배어 나왔다.

그렇게 한참 동안 치열히 싸웠지만 결국 승부는 가려지지 않았다.

"후우… 후우……!"

적연과 조형은 삼 장여 정도의 거리를 두고 마주 보며 연신 거친 숨을 몰아쉬고 있었다.

싸움의 격렬함을 말해주듯 두 사람의 몰골은 처참할 지경이었다.

온통 피범벅이었지만 눈에 실린 기세는 여전히 유지되고 있었다.

"대단하다."

조형은 진심으로 감탄한 표정을 지었다. 그것은 적연 역시 마찬가지였다.

"영감이야말로."

"십 년만 젊었어도 정말 근사한 승부가 되었을 텐데 말이야."

조형은 아쉽다는 표정을 지으며 자신의 몸을 움직여 보았다. 온몸이 욱신거리기는 하지만 별 이상은 없어 보였다.

"그건 핑계야."

적연의 말에 조형은 피식 웃었다. 그 말이 맞다. 결국 자기 위로로밖에 비춰지지 못할 것이다.

"끝을 내자."

조형은 활에 지탱하며 몸을 곧게 폈다.

"그리고 다시 한 번 말하는데, 자네는 노인 공경에 대해 생각해 볼 필요가 있어."

"날 이겨봐."

"이런이런, 절대로 이겨야겠군."

조형은 천천히 활시위를 당겼다.

우웅! 우웅!

"이게 지금 내가 짜낼 수 있는 최대의 힘이라네."

왠지 허탈해 보이는 미소였다. 그것은 이 한 발이 마지막 공격이라는 데서 오는 서운함이었다.

적연은 표정을 심각하게 굳히며 온 신경을 집중했다. 그 순간 화살이 조형의 손에서 떠났다.

콰아아!

해일처럼 화살이 적연을 향해 쏘아져 들어왔다. 그 기세는 여태까지와는 차원이 달랐다.

화살이 지나간 자리의 땅이 기세에 눌려 움푹움푹 패일 정
도였다.

'위험하다.'

적연은 순간적으로 이번의 공격이 정말 위험함을 깨달았
다.

'정면? 아니면 피할 것인가?'

그 순간 방금 전에 봤던 조형의 허탈해 보이는 미소가 뇌리
를 스쳤다. 적연은 입술을 으적 깨물었다.

"피하면 사내가 아니지!"

적연은 검을 머리 뒤로 당기며 자세를 잡고 눈을 감았다.

"전 다양한 기술도 배우고 싶습니다. 그런데 어째서 막으십니
까?"

"그것은 간단하단다. 단단한 기초가 곧 절정의 무위니까."

'어머니!'

순간 적연이 눈을 떴다. 그리고 검이 하늘에서 일직선으로
아래로 떨어져 내렸다.

파캉!

창!

검신에 닿은 화살이 반으로 쫙 갈라지며 양쪽 귓불을 스치
고 지나갔다. 처음 조형과 만났을 때와 같은 상황, 그리고 같은

상처였다.

뚝… 뚝…….

찢어진 귓불에 맺힌 피가 어깨를 적시고 있었다.

"아…….”

조형은 멍한 표정으로 그 모습을 바라보았다.

그것도 잠시,

"…허허허허.”

왠지 웃음이 흘러나왔다.

"내가 막아냈군.”

적연은 가만히 고개를 들어 조형을 바라보았다. 조형은 씁쓸한 표정으로 어깨를 으쓱했다.

"내가 졌다.”

깨끗이 승복했다. 이 공격이 막힌 이상 그에게 승산은 없었다.

적연은 아직 얼떨떨한 표정을 짓고 있었다.

조형은 가만히 선 채 적연을 바라보며 말문을 열었다.

"나도 무인일세. 내 발로 꼿꼿이 선 채로 죽음을 맞이할 수 있도록 배려해 주게나.”

적연은 잠시 눈을 끔벅이다가 고개를 내저었다.

"아니야.”

"뭐?”

"선배는 진 게 아니오. 나 역시 이긴 것이 아니고.”

조형의 눈이 크게 떠졌다. 적연이 지금 조형에게 선배란 존칭을 쓴 것이다.

"허허허, 그 말인즉슨 다음에 또다시 붙자는 말인가?"

적연은 고개를 끄덕였다.

"목숨을 구제받았음에도 수치스럽기는커녕 날아갈 듯 상쾌한 기분이라니……."

조형은 입가에 미소를 담으며 활을 들고 몸을 돌렸다.

"머지않은 시간에 다시 만나게 될 걸세. 이것이 끝은 아니니까."

"기대하고 있겠소."

조형은 고개를 끄덕이다가 저 멀리 나무에 몸을 숨기고 있는 해월령 쪽으로 시선을 주었다.

"아이야, 네 말이 맞았구나. 네가 고용한 이 사내는 강하다."

그 말을 끝으로 조형은 미련없이 몸을 돌려 어둠 속으로 사라졌다.

적연은 한참 동안 그의 뒷모습을 바라보다가 몸을 돌렸다.

저벅저벅.

적연은 천천히 걸음을 옮겨 그쪽으로 다가갔다. 해월령의 입가에 미소가 머금어져 있었다.

"내가 믿는다고 했지요? 당신, 정말 강해요."

"그런가?"

해월령이 세차게 고개를 끄덕였다.

"정말 강해요."

적연은 피식 웃었다. 그러다가 한 켠에 누워 있는 미친개를 바라보며 물었다.

"어떤가?"

미친개는 희미한 미소를 지었다.

"죽지는 않을 것 같습니다."

"그럼 다행이군."

적연은 안도의 미소를 지었다. 해월령은 적연의 모습을 바라보다가 걱정스런 표정으로 말문을 열었다.

"많이 다쳤어요. 치료해야겠어요."

"그래야겠소. 온몸이 안 아픈 곳이 없군."

"구급약은요?"

"내 혁낭에."

"알았어요. 잠시만 기다려요."

해월령은 재빨리 적연의 혁낭을 뒤지더니 구급약을 꺼내 들었다.

적연은 한숨을 내쉬다가 한 켠에 멀뚱히 서 있는 제갈여진에게 시선을 주었다.

"당신은 괜찮소?"

하지만 제갈여진은 대답하지 않았다. 무언가에 질린 표정을 짓고 있을 뿐이었다.

"피, 피……."

풀썩.

그 말과 함께 제갈여진은 기절해 버렸다.

해월령은 별것 아니라는 표정으로 어깨를 으쓱했다.

"이해해요. 어려서부터 피라면 질색을 했거든요. 웃기지요?

이런 아이가 제갈세가의 차기 가주 후보라니."

"……."

적연은 할 말을 잃었다.

*　　　*　　　*

"져버렸네."

조형의 말에 그의 눈이 격하게 흔들렸다.

처음 조형이 돌아왔다는 소리를 들었을 때만 해도 모든 일이 무사히 끝났다고 생각했다. 하지만 결론은 이렇게 나와 버리고 말았다.

"장로께서요?"

"그래."

"농담도 잘하십니다."

그는 믿을 수 없다는 표정을 지으며 고개를 내저었다. 조형은 어깨를 으쓱했다.

"내가 거짓말할 사람처럼 보이나?"

"…믿을 수 없습니다."

"그 사내, 강하더군."

"거짓말하지 마십시오!"

그는 격하게 소리를 지르며 대전의에서 몸을 일으켰다. 조형이 눈살을 찌푸렸다.

"이럴 수는 없습니다. 이럴 수는……!"

"회주!"

순간 조형이 크게 외쳤다. 그는 어깨를 한차례 격하게 떨었다.

"현실이야."

"믿을 수가 없습니다! 장로님은 강하시잖아요?"

"난 강한 것이 아닐세. 그리고 강하다 한들 천하제일고수가 아니지 않은가. 그 말은 나보다 강한 사람이 분명 존재한다는 것일세."

그는 발악적으로 고개를 내저었다. 조형은 그 모습을 바라보며 한숨을 내쉬었다.

'기분 좋게 돌아왔건만 한순간에 구겨지는구나.'

하지만 어쩔 수가 없었다. 회주는 아직 어리다. 아직은 조형이 보듬어 안아야 할 존재였다.

"의뢰도 실패해 버리고… 수하들은 반수나 죽어나갔고 장로님마저 패하다니… 우린 망했습니다."

"망한 것이 아닐세. 이제 시작이야."

어르고 달래보았지만 그는 좀처럼 마음을 다잡지 못했다. 결국 조형은 수혈을 짚어 잠들게 할 수밖에 없었다.

"회주를 처소로 모시게."

조형의 말에 밖에서 대기하고 있던 호위무사들이 들어와 그를 데리고 바깥으로 나갔다.

"장로님."

언제나처럼 학사모를 쓴 총관이 대전 안으로 들어왔다. 조형은 희미한 미소를 지어 보였다.

"자네, 왔군."

"솔직히 이번만큼은 저도 좀 놀랐습니다."

총관의 말은 타당했다. 누가 궁귀 조형이 져서 돌아왔다고 생각하겠는가.

"강한 사내였으니까."

"그렇군요."

"그래."

"솔직히 초장부터 너무 큰 의뢰를 받은 것이 아닌지 생각은 했습니다만 이렇게 되어버렸군요."

"어쩔 수 없는 일이지. 그보다 이제 어떻게 하겠는가?"

총관은 곤혹스러운 미소를 지었다. 이쪽에서 실패해 더 이상 진행이 불가능할 경우 의뢰금은 물론 그에 세 배에 해당하는 위약금을 물어야 한다.

"어쩔 수 있겠습니까. 계약 조항대로 해야지요."

"그래."

"한 몇 달 긴축 재정 해야겠습니다."

조형은 총관의 어깨를 한차례 두들겨 주었다.

"아!"

"예?"

조형은 곤혹스러운 표정을 지으며 총관을 잠시 바라보다가 물었다.

"내가 부탁한 것 말일세."

총관은 의아한 표정을 지으며 고개를 갸웃거렸다.

"예? 무슨 부탁을……?"

"내가 관 맞춰놓으라고 했었잖아."

"아!"

그제야 기억해 낼 수 있었다. 분명 조형이 나서기 전 그런 소리를 했었다.

"혹시 벌써 주문해 놨나?"

"주문이야 해놓았지요."

"그럼 그거 무르게."

"예?"

조형은 머쓱한 표정을 지으며 머리를 긁적였다.

"아무도 안 죽었잖아?"

"……."

*   *   *

청년은 눈앞에 부복해 있는 흑의무복사내를 바라보며 잔뜩 인상을 구겼다.

"더 이상 이행할 수 없다?"

"예."

청년은 비웃음 섞인 미소를 머금었다.

"큭… 불안불안하더라니, 결국 이렇게 되어버렸군."

"계약 조항대로 의뢰금 일체와 위약금입니다."

흑의무복사내는 바닥에 내려놓은 상자를 열었다. 상자 안에는 금괴가 가득 들어 있었다.

"쯧."

청년은 혀를 차며 고개를 홱 돌렸다.

"돈은 제대로 넣은 거겠지?"

흑의무복사내는 눈을 가늘게 뜨며 힘있는 어조로 말했다.

"돈 가지고 장난은 안 칩니다."

"휘유, 무섭군."

청년은 짐짓 질린 표정을 짓더니 이윽고 히죽 웃으며 말을 이어갔다.

"너희 회주에게 꼭 전해. 이따위로 장사할 거면 때려치우라고."

"……."

흑의무복사내는 고개를 떨궜다. 치솟는 노기에 입술이 부들부들 떨리고 있었다. 하지만 섣불리 뭐라 할 수가 없었다. 일단은 이쪽에서 실패한 것이었기 때문이다.

"그럼 이만."

흑의무복사내는 몸을 일으키더니 창문으로 몸을 날렸다.

"인사도 안 하다니, 꽤나 분했던 모양이군."

청년은 별로 대수롭지 않게 중얼거리며 침상에 누웠다.

"너도 참 명이 길구나. 그냥 죽어버리지."

청년의 얼굴에서 짙은 살기가 흘러나왔다.

第七章

무한 입성, 그리고…….

龍
劍風

조형과의 싸움에서 입은 상처는 의외로 컸다. 적연은 그 후로도 며칠 동안 그 자리에 머물며 상처를 치료해야 했다.

"식사 드세요."

해월령이 끼니거리를 들고 적연에게 다가왔다.

"아, 고맙소."

적연은 고개를 끄덕이며 고기를 받아 들고 한 입 베어 물었다.

'마찬가지로군.'

어떻게 하면 이런 맛이 나올 수 있을지가 궁금했다.

도저히 사람이 먹을 만한 성질의 음식이 아니라고나 할까. 그렇게밖에 표현할 수가 없었다.

"어때요?"

해월령이 눈을 초롱초롱하게 빛내며 적연을 바라보고 있었다. 무언가를 갈구하는 눈빛이었다.

적연은 고개를 푹 떨구며 그녀가 원하는 대답을 해줄 수밖에 없었다.

"맛있소."

"그렇지요?"

해월령은 적연의 옆에 누워 있는 미친개에게 시선을 주며 그것 보라는 표정을 지었다.

"봐요 적연님은 맛있다잖아요."

"믿을 수가 없소!"

미친개는 눈을 크게 치켜뜨며 해월령에게 따지고 들었다. 하지만 그녀는 콧방귀를 뀔 뿐이었다.

"당신 미각이 이상한 거라고요."

"혀, 형님!"

미친개가 억울하다는 표정으로 적연을 바라보았다.

"맛있다."

"에? 하지만……."

"맛있다."

적연은 다른 말은 하지 않았다. 오로지 맛있다는 말만 반복할 뿐이었다. 결국 미친개는 고개를 떨궜다.

"못 먹을 정도는 아니군요."

아무래도 인정할 수는 없었나 보다.

"흥흥!"

해월령은 그 대답마저도 마음에 들지 않는 모양이었다.

때마침 제갈여진이 숲 안쪽에서 걸어나왔다. 해월령은 눈살을 찌푸렸다.

"넌 식사하다 말고 어딜 그렇게 왔다 갔다 하니?"

해월령의 책망에 제갈여진은 어색한 미소를 지어 보였다. 그리고 적연과 미친개는 동시에 똑같은 생각을 했다.

'토하고 왔군.'

'토했어.'

안 봐도 뻔했다.

웅성은 무한에서 육백 리 정도 떨어진 곳에 위치한 곳이었다.

하지만 그리 큰 규모는 아니다.

"만세."

웅성에 들어선 제갈여진은 갑작스레 만세를 외쳤다. 해월령은 고개를 갸웃거렸지만 적연은 그녀의 마음을 이해할 수 있었다.

그녀는 진심으로 해월령이 한 음식을 먹기 싫었던 것이다.

세 사람이 제일 먼저 한 일은 음식점을 찾아 주문을 한 것이었다. 이윽고 주문한 음식이 나오자 해월령이 말문을 열었다.

"그 사람도 부르지 그래요?"

미친개를 이르는 말이었다. 거동할 만큼 상처가 낫자 그대

로 내뺀 것을 보니 그 역시도 해월령의 음식에 질린 모양이었
다.

"내버려 두시오."

"뭐… 그렇게 말하면, 알았어요."

그렇게 식사를 끝내고 옷가게에 들렀다.

왜냐고 묻는다면 그간 아가씨들이 옷을 제대로 갈아입지 못
한 탓이었다.

"적연님도 옷 좀 사서 입어야 하지 않나요?"

제갈여진의 말에 보니 적연의 옷도 말이 아니게 엉망이었
다. 여러 가지 일로 인해 제대로 빨아 입지도 못했고, 조형으로
인해 옷 이곳저곳이 해져 있었다.

"그렇군. 하나 정도는 사야겠소."

적연의 말이 떨어지기가 무섭게 제갈여진이 수줍은 미소를
지으며 말을 걸어왔다.

"…제가 골라 드려도 될까요?"

"거부하겠소."

제갈여진의 취향으로 보건대 휘황찬란한 옷을 골라줄 것이
뻔했다. 하지만 그것을 모르는 그녀는 상당히 충격을 받은 듯
몸을 비틀거렸다.

해월령은 그 모습을 바라보다가 결국 한마디를 했다.

"같은 말이라도 좀 부드럽게 할 줄 몰라요?"

적연은 '그런가?' 라고 생각하며 점원을 불러 남자 옷을 진
열해 놓은 쪽으로 갔다.

적연이 고른 것은 깔끔한 검은색 무복이었다. 때마침 치수도 딱 맞는 것이 있었다.

"좋군."

적연은 만족스러운 미소를 지으며 계산을 하고 옷가게에서 나왔다. 그리고 기다렸다.

반 시진이 지났다. 하지만 옷 고르러 들어간 여인네들은 그림자조차 보이지 않았다.

"흐음… 마음에 드는 것이 없나?"

한 시진이 지났다. 역시나 마찬가지다.

"슬슬 짜증나는군."

조금씩 화가 치밀어 오를 무렵 해월령과 제갈여진이 밖으로 나왔다. 해월령의 경우는 깔끔하면서도 실용적인 경장이었다. 하지만 제갈여진의 경우는?

'공주군.'

한마디로 정의할 수 있었다. 그녀는 화려한 궁장 차림을 하고 있었다.

"내가 안 된다고 했는데."

괜히 머쓱했는지 해월령이 머리를 긁적였다.

제갈여진은 적연을 보더니 미소를 지으며 자신의 옷을 가리켰다.

"어, 어때요?"

뭐라 말하겠는가.

"마음대로 하시오."

아무것도 모르는 제갈여진은 배시시 미소를 지었다.

그렇게 응성을 나와 한참을 걸었을 무렵이다. 갑작스레 저쪽에서 먼지가 일더니 한 무리의 사람이 말을 타고 이쪽으로 다가왔다.

적연과 해월령, 제갈여진은 길 한편으로 비켜섰다. 옷도 새로 사 입어서 먼지에 휩쓸리기 싫었기 때문이다.

그때였다. 갑자기 말을 탄 무리들이 적연과 해월령, 제갈여진의 앞에 섰다.

"혹시 해월령 소저십니까?"

"예?"

해월령은 의아한 표정을 짓다가 고개를 끄덕였다.

"예… 맞는데요? 누구세요?"

"무림맹에서 나왔습니다."

해월령을 비롯한 제갈여진의 눈이 크게 치켜떠졌다.

"그런데 뒤의 두 분은?"

무사의 물음에 해월령이 대답했다.

"제갈세가의 여식입니다. 저 무사 분은 제 고용인이고요."

"제갈세가라면?"

무사의 관심은 적연보다는 제갈여진에게 가 있었다.

"제갈여진입니다."

"아, 예!"

"그것보다 무슨 일이지요?"

해월령의 물음에 무사가 부복을 하며 말문을 열었다.

"가시지요. 마차가 준비되어 있습니다. 일단 출발하고 이야기해 드리겠습니다."

적연은 마차 맞은편에 앉아 해월령과 제갈여진을 바라보며 말문을 열었다.

"그렇군. 두 사람 모두 무림맹의 사람이었군."

"예, 그래요."

"대강 예상은 했었소."

적연은 희미한 미소를 지었다. 무한에서 가장 유명한 것이 무엇이던가. 항주의 서호와 쌍벽을 이룰 정도의 명승지로 이름 높은 동호도 아니오, 강남삼대명루인 황학루도 아니었다.

바로 무림맹이었다.

정파무림의 연합인 무림맹은 말 그대로 정파 전체를 대표하는 단체라 할 수 있었다.

"말 안 해줘서 미안해요."

해월령의 사과에 적연은 가볍게 고개를 내저었다.

"신경 쓸 필요 없소. 그것보다……."

적연은 잠시 말을 멈추며 해월령을 바라보았다. 그녀는 고개를 갸웃거렸다.

"나는 왜 태운 거요? 이렇게 사람들까지 마중 나왔으니 우리의 거래는 이쯤에서 끝내도 상관없었건만."

적연의 지적에 해월령은 머쓱한 표정을 지었다.

"돈을 다 써버려서요. 잔금을 치르려면 맹에 가서 청구해야 하거든요. 미안해요."

"분명 처음에 백 냥을 가지고 있었고 나한테 준 착수금이 이십 냥, 팔십 냥을 도대체 어디다 다 쓴 거요?"

"뭐, 밥 먹고… 이것저것……. 그리고 보니 내가 어디다 돈을 다 쓴 거지?"

해월령은 고개를 갸웃거렸다. 적연은 한심스럽다는 표정을 지었다.

자신이 돈을 썼음에도 어디다 썼는지 기억을 못하는 이런 사람들이 가끔, 아니, 꽤 많이 있다.

"그런 게 바로 금전 감각이 없다는 거요."

"할 말 없습니다."

해월령은 고개를 떨궜다.

그렇게 삼 일을 달렸을 무렵이다.

"와, 보인다!"

창밖을 살피던 해월령의 눈이 기분 좋은 곡선을 그리고 있었다. 저 멀리 보이는 커다란 성.

바로 호북의 성도인 무한이었다.

무한은 양자강 상류 한수와의 합류점에 있는 상공업과 수륙 교통의 요충지였다. 그래서 예로부터 아홉 개의 성으로 통하는 대도라고 불리어왔을 정도의 역사와 전통을 자랑했다.

"강이군."

적연은 신기한 표정을 지으며 양자강을 바라보았다.

감숙성에서 시작해 섬서를 지나올 때까지 강을 못 본 것은 아니나 양자강에 비하면 시냇물과도 같았다.

"크다."

"그러고 보니 대막에는 이렇게 큰 강이 없지요?"

적연은 고개를 끄덕였다. 있는 것이라고는 황량하기 그지없는 사막뿐이다.

드물게 녹주(오아시스)에서만 자그만 물웅덩이나 보았을 뿐.

"대막에 비하면 이곳은 정말 축복받은 땅이오."

그것은 그간 여행해 오며 느낀 것이었다.

물도 풍부하고 먹을거리도 많다. 날씨도 대막에 비하면 엄청나게 쾌적한 것이었다.

'비라는 것도 맞아보고.'

그것은 신선한 경험이었다. 대막에도 비는 온다. 아주 드물게. 내리는 양도 극히 소량이라 말하기도 창피한 수준이다.

"헤헤."

해월령은 미소를 지었다.

이윽고 마차는 무한 성내로 들어섰다.

무한의 경우는 여태껏 지나온 그 어느 곳보다 컸다. 그러다 보니 사람들의 얼굴에는 미소가 머금어져 있었고, 다른 곳에 비해 비쩍 마른 사람들도 적어 보였다.

한마디로 말하자면 상당히 잘사는 곳이라 할 만했다.

동정호에서는 끊임없이 물고기가 나오고, 평원에는 곡식이 그득했으며, 상업적으로 발달되어 있으니 금상첨화이리라.

"화려하군."

적연의 말에 해월령은 미소를 지었다.

"무림맹도 한몫을 하지요."

정파무림의 중심지가 자리 잡았으니 오죽하랴. 그리고 보니 길거리를 오가는 이들 중 무기를 지닌 자들이 눈에 많이 띄었다.

"그리고 저기가 무림맹."

해월령이 가리킨 곳을 따라 시선을 돌리니 저 멀리 높이 솟은 건물들이 보였다.

역시나 컸다. 아무래도 위세를 과시하기 위한 것도 어느 정도는 작용했을 것이다.

현 무림은 크게 정파와 사파로 나뉘어져 있는데, 정파무림을 대표하는 무림맹, 그리고 사파무림 연합인 사도련이 있었다.

서로의 관계는 말 그대로 개와 고양이와도 같았다. 그러다 보니 무엇이든 경쟁을 하고는 했는데, 저런 건물을 짓는 것에 있어서도 자신들의 세를 과시하기 위해 규모나 화려함을 우선시하는 경향이 있었다.

"거의 다 와가는군."

적연은 한결 홀가분한 표정을 지었다.

"나는 이제 저곳에 들어가야 해요."

"그렇군."

아무렇지도 않은 대답에 해월령은 잠시 주저하는 빛을 띠다가 말문을 열었다.

"저기요."

"음?"

"말할 게 있어요."

적연은 가볍게 고개를 끄덕였다. 아직 무림맹에 도착한 것은 아니니 그렇다 말해도 무방할 것이다.

"무엇이오?"

해월령은 잠시 주저하다가 이내 눈빛을 굳히더니 말문을 열었다.

"새로운 계약을 맺지 않겠어요?"

"새로운 계약?"

"당신도 여기에 볼일이 있는 거겠지요? 일을 끝내고 와서라도 상관없어요. 그러니까……."

적연은 턱가를 매만졌다.

"시, 싫어요?"

"한번 들어보기나 합시다."

완전한 거절의 뜻은 아니었다. 해월령은 적연의 마음이 변할까 재빨리 말문을 열었다.

"의뢰금은 일 년에 이백 냥, 계약은 일 년마다 한 번씩 상호 동의하에 연장하도록 해요."

"그래, 의뢰 내용은 뭐요?"

"여태까지와 같아요."

적연은 피식 미소를 지었다.

"당신을 지켜달라?"

"예."

"재밌군."

해월령은 짐짓 진지한 표정을 지으며 말문을 열었다.

"솔직히 말씀드릴게요. 왠지 모르게 누군가 나를 노리고 있다는 느낌이 자주 들어요."

"당신만의 생각이 아니고?"

해월령은 고개를 내저었다.

"제 생각일지도 몰라요. 하지만 나도 나름대로 필사적이에요."

해월령은 말을 끝내고 조심스럽게 적연을 주시했다.

적연은 한쪽 눈을 찡긋 감았다.

"나에게도 생각할 시간을 주시오."

"알았어요. 어디서 잠깐 식사라도 하고 있을래요? 나, 맹에 들어가서 보고도 좀 해야 하고, 당신 잔금 치를 돈도 가져와야 하니까요."

적연은 고개를 끄덕였다. 일단 다른 것은 둘째 치고 잔금을 받는 것이 우선이었다.

"알겠소."

적연의 말이 떨어지자 해월령은 창밖으로 고개를 내밀고 외쳤다.

"잠깐 멈춰요!"

이히힝!

이윽고 마차가 멈춰 섰다. 마차 문이 열리며 적연이 내렸다. 해월령은 구월관이란 객점을 가리켰다.

"저기서 기다려요. 무한에서는 제일 맛있는 집이거든요."

"당신이 와서 계산 치러주는 거요?"

해월령은 빙그레 미소를 지었다.

"당연하지요. 고용인인데요."

"알겠소."

적연이 고개를 끄덕였다. 이내 마차 문이 닫힐 무렵 제갈여진이 얼굴을 내밀며 서운함이 한가득 묻어 나오는 표정을 지었다.

"…또 뵐 수 있었으면 좋겠어요."

적연은 대답하지 않았다. 단지 손을 한번 들어주었을 뿐이다.

"이랴!"

이윽고 마부의 채찍질과 함께 마차가 움직이기 시작했다. 적연은 그 모습을 잠시 바라보다가 해월령이 지정해 준 구월관 쪽으로 걸음을 걸었다.

"나와봐. 같이 식사나 하지."

적연의 중얼거림에 어디선가 미친개가 나타났다.

"공짜 밥이니 마음껏 먹어도 되겠군요?"

적연은 피식 웃으며 미친개의 어깨를 툭 쳤다.

무림맹주 상관책은 앞에 부복해 있는 해월령을 내려다보며 고개를 끄덕였다.

"보고는 그것으로 끝이더냐?"

"예, 맹주님."

"수고했다. 그리고 너를 습격한 무리들에 대해서는 조사를 해볼 터이니 너무 걱정하지 말고."

"감사합니다."

해월령이 고개를 끄덕이자 상관책은 빙그레 미소를 지으며 턱을 괴고는 물었다.

"종남파의 늙은이는 잘 지내더냐?"

"예?"

"만나고 온 것이 아니던가?"

"아… 예. 그런데 그것을 어찌……."

해월령의 물음에 상관책은 차를 한 모금 마시며 대답했다.

"서신을 보내왔더구나. 네가 위험할 수도 있으니 조치를 취해놓으라고. 꼬장꼬장한 성격은 여전하더구나."

'그래서 마중 나온 거구나.'

종남파 문주인 천해주가 신경을 써준 탓이었다.

'감사합니다, 할아버지.'

해월령은 천해주에게 마음으로나마 인사를 했다.

"그럼 이만 물러나겠습니다."

"그러렴. 오늘은 푹 쉬도록 하고."

"예."

해월령은 예의를 갖춰 인사를 올린 후 뒷걸음으로 맹주전을 나섰다.

"에휴……."

해월령은 한숨을 내쉬었다. 몇 번이고 겪어보았지만 무림맹주를 뵙는 것은 긴장되는 일이었다.

"그건 그렇고, 이제 돈을 얻으러……."

해월령이 걸음을 옮길 무렵이었다. 복도 저편에서 한 사내가 걸어왔다. 순간 그녀의 두 눈이 동그랗게 떠졌다.

"어? 천아?"

그는 해월령의 동생인 해월천이었다.

해월천은 해월령의 부름에 살짝 고개를 끄덕이며 물었다.

"언제 돌아왔어?"

무심한 표정의 해월천을 바라보던 해월령은 짐짓 장난스런 표정을 지으며 손을 내밀었다. 해월천의 볼을 꼬집어주기 위함이었다.

해월천은 인상을 찡그렸다.

탁!

해월령이 멍한 표정을 지었다. 해월천이 매몰차게 자신의 손을 쳐낸 탓이었다.

"하지 마. 바빠."

"……."

"나중에 아버님이라도 찾아뵙도록 해."

"으, 응……."

해월령은 멍한 표정으로 고개를 끄덕일 수밖에 없었다.

"음식 맛이 기가 막히군요."

미친개는 연신 음식을 집어먹으며 적연을 바라보다가 눈살을 찌푸렸다. 그의 앞에 놓인 접시는 단 한 개뿐이었다.

그나마도 어디서든 흔하게 사 먹을 수 있는 만두 한 접시.

"맛있는 것 좀 드시지 그러십니까?"

"난 만두가 세상에서 제일 맛있어."

적연은 진지한 표정으로 대답하며 야금야금 왕만두를 베어먹기 시작했다. 미친개는 잠시 이해할 수 없다는 표정을 지었지만 이내 다시금 음식을 먹는 것에 집중했다.

그렇게 얼마나 시간이 지났을까.

기다리던 해월령이 구월관 안으로 들어왔다.

"아, 여기요."

미친개의 손짓에 해월령이 고개를 끄덕이며 자리로 와서 앉았다.

"여기 잔금 팔십 냥."

때마침 식사를 마친 적연은 고개를 끄덕이며 돈이 든 주머니를 혁낭에 아무렇게나 쑤셔 넣었다.

해월령은 턱을 괴며 한숨을 내쉬었다.

"무슨 안 좋은 일이라도 있었소?"

해월령의 표정이 좋지 않음을 깨달은 적연이 물었다. 해월령은 짐짓 미소를 지으며 고개를 내저었다.

"아무것도 아니에요. 좀 피곤해서요. 그것보다 생각해 봤어요?"

"일단 생각은 해보았소."

해월령의 곤혹스러운 표정을 지었다.

"아직 결론이 안 난 거예요?"

적연은 고개를 저었다. 그리고 천천히 말문을 열었다.

"계약을 받아들이지."

"에?"

해월령은 놀란 표정을 짓다가 적연의 어깨를 한차례 툭 쳤다.

"사람 긴장하게 만들고. 최악이야."

그러더니 한시름 놓은 표정으로 점소이를 불렀다.

"여기 술 좀 가져와!"

"예!"

점소이가 크게 외치며 주방으로 달려갔다. 해월령은 방긋 미소를 지으며 말했다.

"드디어 여행도 끝났고 당신과의 인연도 이어가게 된 기념이에요. 오늘은 코가 삐뚤어지도록 마셔보자고요."

이윽고 점소이가 술을 내왔고, 적연과 해월령은 주거니 받거니 술을 마시기 시작했다.

"당신은 안 마셔요?"

해월령의 물음에 미친개는 손사래를 쳤다.

"난 원래 술 안 마십니다. 독약이나 마찬가지니까."

"난 안 먹는다는 사람 억지로 안 먹여요. 그럼 우리가 다 마십니다."

"마음대로 하십시오."

미친개는 희미하게 미소를 짓더니 몸을 일으켰다. 적연은 고개를 갸웃거렸다.

"어디 가나?"

"전 다시 그림자로 돌아가렵니다. 그게 더 편합니다."

"그래."

적연도 선선히 고개를 끄덕여 주었다. 그와 동시에 미친개는 감쪽같이 모습을 감췄다.

"언제나 홀연하네요?"

해월령의 말에 적연이 고개를 끄덕였다.

"그것보다 내 계약 제의 받아들인 이유가 뭐예요?"

"이유라……."

적연은 술잔을 매만졌다.

"왠지 당신이랑 있으면 재미있을 것 같았소."

"나랑 있으면 재미있을 것 같다고요?"

해월령은 깔깔 웃었다. 적연은 가볍게 고개를 끄덕였다.

"궁귀 같은 사람도 만나보고, 기회가 되면 또 볼 수 있을 것 같은 느낌도 들더군."

궁귀 조형의 이야기가 나오자 해월령의 안색이 한순간 창백하게 굳어졌다.

"그, 그건 좀 끔찍하지 않아요?"

"날 믿는다고 하지 않았소?"

"그, 그건 그렇지만."

해월령은 핼쑥한 표정으로 고개를 끄덕이며 짐짓 시선을 다른 쪽으로 돌렸다.

"그때야 상황이 상황이었으니까."

적연은 빙그레 미소를 지으며 해월령의 어깨를 툭 쳤다.

"믿으시오."

해월령은 배시시 웃었다.

이 사내, 말도 거칠고 예의도 없다. 하지만 왠지 믿고 싶게 만드는 매력이 있다.

그것이 적연이란 사내가 가진 최고의 재능일 것이다.

"그래, 당신을 호위하게 되면 나도 무림맹에 들어가야 하는 건가?"

적연의 물음에 해월령은 당연하다는 표정을 지었다.

"제가 조장으로 있는 남오장이란 곳에 배속시킬 생각인데 당신 생각은 어때요?"

"배속?"

"일단 그래야 당신도 합법적으로 날 지켜줄 수 있잖아요? 같은 조면 언제나 행동도 같이하게 될 테고."

"흐음⋯⋯."

"마음에 안 들어요?"

적연은 가볍게 고개를 내저었다.

"아니오. 그렇게 합시다."

"당신 뒤 쫓아다니는 그 사람은 어떻게 할까요?"

"아… 그 녀석은… 글쎄……."

적연은 어찌해야 할지 고심하는 눈치였다. 해월령은 잠시 생각하다가 눈을 동그랗게 떴다.

"그러고 보니 우리 조도 충원된다고 하던데, 한 자리밖에 안 남아 있어요. 어쩔 수 없네요. 흐음… 그래도 괜히 골치 아픈 일이 생기면 안 되는데?"

해월령은 잠시 생각하다가 한 가지를 생각해 내고는 손바닥을 탁 쳤다.

"아, 그 사람은 어떻게든 되겠네요."

"어떻게 할 셈이오?"

해월령은 한쪽 찡긋했다.

"두고 보면 알아요."

적연은 고개를 끄덕이다가 구월관의 창밖을 바라보았다.

거대한 위용의 무림맹 건물이 보였다. 적연은 술잔을 들며 쓸쓸한 미소를 지었다.

'어떻게 된 인연인지 무한까지 와버렸습니다, 어머니. 결국 당신의 유언대로 되었군요. 즐거우십니까?'

꿀꺽.

적연은 술을 한 모금 넘겼다.

'무림맹…….'

몸 안으로 넘어간 술의 화기가 목을 타고 넘어왔다. 적연은 옷소매로 입 주위를 닦았다.

'내 핏줄…….'

第八章

무림맹

龍
劍風

적연은 눈살을 찌푸리며 자신의 옷을 매만져 보았다.

"꼭 이런 옷을 입어야 하오?"

"당연하지요."

해월령은 고개를 끄덕이며 적연의 옷매무새를 만져 주었다.

"흐음……."

현재 적연은 청색 무복을 입고 있었다. 무림맹을 상징하는 청색의 통일된 복장이었다.

'제복인가?'

그런 것 같다.

해월령은 싱긋 미소를 지어 보였다.

"걱정 말아요. 맹 내에서만 이런 복장을 착용할 뿐이니까."

"그렇다면 다행이고."

적연은 안도의 한숨을 내쉬었다. 왠지 어색한 느낌이었다.

"남오장이라……."

팔자에도 없는 곳에 배속되어 버리기까지 했다.

이곳에 들어와서 알게 된 사실이지만 해월령은 파검소 산하의 하부 조직 중 한곳인 남오장의 조장이었다.

군으로 이야기하자면 특수 임무를 수행하는 곳이라 말할 수 있었다.

"표정이 왜 그래요?"

적연의 표정이 떨떠름한 것을 알아챘을까. 해월령이 입술을 삐죽이며 물어왔다.

"뭐랄까, 조금 의외란 생각이 들어서."

"의외라니요?"

"왠지 당신하고는 안 어울린다는 생각이 안 드시오?"

"그거 무슨 뜻이에요?"

해월령도 눈치가 없지는 않았다. 적연의 말뜻을 금방 알아듣고는 입술을 한 다발이나 내밀었다.

적연은 한숨을 내쉬며 고개를 설레설레 내저었다.

"계약을 받아들인 것이 후회가 되는군."

"그런데……."

문득 옆에서 들려온 소리에 적연이 고개를 돌렸다. 해월령은 방긋 미소를 지으며 말문을 열었다.

"잘 어울려요."

"이건 도대체 뭡니까?"

미친개는 그 둘과는 다른 황색의 복장을 입고 있었다. 그리고 손에는 커다란 빗자루가 들려 있었다.

"빗자루지 않습니까?"

"예. 그것은 분명 빗자루지요."

"나, 난 도대체……."

미친개는 멀뚱한 표정으로 해월령을 바라보았다. 그녀는 어깨를 으쓱하면서 정말 별것 아니라는 표정으로 말문을 열었다.

"하인이요."

"…하인?"

처음에는 황당했다. 혹시 자신이 잘못 들은 것이 아닌가 의심할 정도였다.

"저, 정말입니까?"

끄덕끄덕.

해월령의 끄덕임에는 아무런 망설임이나 거리낌이 없었다. 미친개는 눈살을 찌푸렸다.

"납득할 수 없습니다."

적연은 턱가를 매만지며 중얼거렸다. 해월령은 빙그레 웃으며 팔짱을 끼었다.

"잘 어울려요."

"안 어울립니다."

미친개는 퉁명스럽게 내뱉다가 적연을 바라보며 울상을 지었다.

"형님."

"그녀의 뜻대로 해."

"예?"

원했던 대답이 안 나와서일까. 미친개가 믿을 수 없다는 표정을 지어 보였다.

"싫은가?"

"…아닙니다."

적연의 말에 미친개는 체념한 표정으로 고개를 떨궜다.

"일단 한 가지 일은 해결되었고."

해월령은 방긋 웃어 보이다가 고개를 갸웃거리며 중얼거렸다.

"이상하다."

"뭐가 말이오?"

"배속된 사람들이 올 때가 되었는데."

"나 말고도 또 있소?"

"그럼요. 당신을 포함해서 총 다섯 명이에요. 그리고 나는 대빵."

해월령은 엄지손가락으로 자신을 가리키며 어깨를 으쓱했다.

"오만함이 느껴지는군."

"내가 대장이니까요."

빈정거리는 말에도 해월령은 히죽 웃어 보일 뿐이었다.

그때 저 멀리서 세 명의 사람이 이쪽으로 천천히 걸어왔다. 해월령은 환한 미소를 지었다.

"남오장주시오?"

맨 선두에서 걸어오던 사내의 물음에 해월령이 고개를 끄덕였다.

"납니다."

"장주님을 뵙소이다. 임지령이라 하오."

"검각의 소문주군요. 반가워요."

"악진위라고 하오."

다음은 당당한 체구의 사내였다. 창으로 이름 높은 산동악가의 둘째 아들인 악진위였다.

"명성은 많이 들었어요."

"……"

악진위는 가볍게 고개를 끄덕였다. 그리고 마지막의 인물은 적연과 해월령으로서도 뜻밖이었다.

"어?"

해월령은 눈을 동그랗게 뜨며 여인을 바라보았다. 워낙에 덩치가 큰 악진위의 뒤에서 걸어오다 보니 발견하지 못했다.

"여진?"

"아, 안녕?"

수줍은 듯한 미소를 짓는 여인. 바로 제갈여진이었다.

"적연님도 안녕하셨어요?"

"아, 예."

적연은 고개를 끄덕였다.

"그런데 네가 왜 여기 있어?"

보다 못한 해월령이 제갈여진에게 다가서며 물었다. 그녀는 머쓱한 표정을 지었다.

"그렇게 됐어."

해월령은 한숨을 내쉬었다. 이미 윗선에서 이야기가 끝난 것이리라. 제갈여진의 아버지가 그녀를 이곳으로 보낸 이유이기도 했을 것이고.

"위험한 것은 알지?"

"으, 응……."

제갈여진은 말끝을 흐렸고, 해월령은 한숨을 내쉬며 말문을 열었다.

"제가 남오장주인 해월령입니다. 아무쪼록 잘 부탁드립니다."

"……."

왜일까? 왠지 분위기가 싸늘한 것 같다.

해월령은 의아한 표정을 지었고, 곧 그 이유를 알 수 있었다.

"난 솔직히 마음에 들지 않소."

악진위였다. 그는 표정을 굳히며 말을 이었다.

"당신에 대한 소문을 들었거든."

순간 해월령의 표정이 굳어졌다. 그것은 나머지 세 명 역시 마찬가지였다. 단지 제갈여진만이 적연에게 시선을 집중시키며 해실해실 미소를 짓고 있을 뿐이었다.

'소문?

듣고 있던 적연이 호기심을 나타냈다.

"듣자 하니 당신 밑에 있던 자들은 모두 죽는다던데."

쏴아아.

그 순간 바람이 불어와 해월령의 머리칼을 흐트러 놓았다.

스윽.

해월령은 머리카락을 단정히 정리하며 어색한 미소를 지었다.

"그렇군요."

"찜찜한 기분이 드는 것은 막을 수가 없어서."

해월령은 어색한 미소를 지으며 어깨를 으쓱했다.

"제가 마음에 들지 않으면 돌아가서도 됩니다."

그 말이 끝나기가 무섭게 악진위가 몸을 돌려 뚜벅뚜벅 걸어갔다.

남은 것은 적연과 해월령을 포함한 네 명, 제갈여진과 임지령이었다.

해월령은 어색한 미소를 지으며 임지령을 바라보았다.

"당신도 제가 마음에 안 들면 가도 되오."

"난 미신 따위는 안 믿는 주의라서."

임지령은 고개를 가볍게 내저었다. 해월령의 얼굴이 조금은 환해졌다.

"고마워요."

"별말씀을. 그리고 저분은?"

임지령이 해월령의 옆에 서 있는 적연에게 시선을 돌렸다.

"인사하세요."

"임지령이라 하오."

"적연이오."

임지령이 인사를 하자 적연 역시 가볍게 고개를 끄덕였다.

"앞으로 같이 일하게 될 사이니 친하게 지내도록 하세요."

해월령은 방긋 웃으며 말한 뒤 한쪽을 바라보았다.

"이봐요."

싹! 싹!

투덜거리면서도 마당을 쓸고 있던 미친개가 고개를 들며 눈을 끔벅였다. 그리고 자기 자신을 가리켰다.

"저요?"

"저분은 우리 잡일을 맡아주실 분이에요."

발끈.

미친개는 눈을 부릅뜨더니 분노의 빗질로 애꿎은 마당을 후려갈겼다.

제갈여진은 지금의 상황이 이해가 가지 않는다는 표정을 지었지만 이내 적연을 바라보며 바보처럼 해실거리기에 바빴다.

"자, 그러면 오늘은 단합대회라도 할까요?"

해월령이 호기롭게 말했다.

그리고 그날 저녁, 구월관에서 회식을 마치고 돌아온 해월령은 환하게 빛나는 보름달을 올려다보며 나무 기둥에 몸을 기대고 있었다.

"안 자는 거요?"

때마침 바깥으로 나온 적연이 해월령을 발견하고는 다가왔다.

"당신이야말로 안 잤어요?"

"잠이 안 와서."

적연은 가볍게 고개를 끄덕이며 해월령의 옆에 섰다.

"하아……."

문득 해월령이 깊은 한숨을 내쉬었다. 그리고 적연에게 시선을 주며 쓸쓸한 미소를 지었다.

"사실이에요."

"……?"

"아까의 그 말, 내 밑에 있는 자는 다 죽더라고요."

"흐음?"

적연은 팔짱을 끼었다. 하지만 얼굴에는 한 점 흔들림도 보이지 않았다. 해월령은 어색한 미소를 지으며 물어왔다.

"찜찜한 마음 같은 거 안 들어요?"

"별로."

"하기는… 당신이 그런 것을 믿는다는 게 상상이 안 되네요."

적연은 쓴 미소를 지으며 어깨를 으쓱하다 물었다.

"나머지 한 명의 공백은 어쩔 거요?"

"별로. 이제는 됐어요. 다들 꺼릴 것이 분명한데요 뭐."

"그럼 이대로?"

해월령은 고개를 끄덕였다.

"차라리 잘되었지요. 괜히 싫다는 사람 끌어들이면 될 일도 안 돼요."

"너무 신경 쓸 필요는 없소."

"지금 나 위로해 준 거예요?"

해월령이 눈을 동그랗게 뜨며 적연에게 물어왔다. 그는 '그런가?' 라고 생각하다가 어깨를 으쓱했다.

"잘 모르겠군."

"무뚝뚝하기는."

해월령은 피식 웃으며 처소로 들어갔다.

"흐음."

홀로 남게 된 적연은 침음성을 삼키며 밤하늘을 올려다보았다. 그리고 힐끗 자신의 처소를 바라보았다.

"있나?"

"부르셨습니까?"

어느새인가 미친개가 나타났다.

"무언가 이상하다고 생각 안 하나?"

"생각이야 하지요."

"한번 알아봐."

"명입니까?"

"명이야."

미친개는 고개를 끄덕였다.

"달아놓습니다?"

"……?"

적연이 의아한 표정을 짓자 미친개는 당연하다는 표정으로 말문을 열었다.

"요즘 세상이 어떤데 공짜로 일하겠습니까?"

미친개는 혀를 쭉 내밀어 검지로 침을 묻힌 다음 허공에 그었다.

"일단 외상.˚"

"…….˚"

적연은 질렸다는 표정으로 고개를 설레설레 저었다.

"아, 그리고… 또 하나 알아봐 줘야 할 것이 있다."

"예?"

미친개가 고개를 갸웃거렸다.

"적운이란 자에 대해 알아봐."

"적운? 형님이랑 성이 같네요?"

"내 아비다."

"형님의?"

"얼굴 한번 본 적이 없지만 말이야."

나지막이 중얼거리는 적연의 어조는 짜증스러움이 가득 묻어 나왔다. 그 모습을 바라보며 미친개는 고개를 갸웃거렸다.

왠지 모르게 거북스러워하는 빛이 역력했기 때문이다.

"이미 죽은 자다."

그렇게 며칠이 흘렀을 무렵이다.

적연은 별 하릴없이 시간을 보내고 있었다. 실상 할 일이 별로 없었기 때문이다.

"그런데……."

눈살이 절로 찌푸려졌다. 그것은 자신의 처소에 자리를 잡고 앉아 있는 해월령과 제갈여진 때문이었다.

"왜 여기서 노는 거요?"

적연의 물음에 해월령과 제갈여진은 배시시 웃을 뿐이었다.

"웃음으로 넘길 생각은 마시오."

"뭐, 상관없잖아요?"

해월령은 뭐가 어떠냐는 표정을 지어 보일 뿐이었다.

해도 해도 너무한다.

"장주라면서 하는 일도 없소?"

"예."

무책임하다.

"위에서 명이 안 내려오잖아요."

"아, 그렇군."

적연은 고개를 끄덕인 뒤 곧바로 언성을 높였다.

"그만 나가시오!"

찔끔.

순간 제갈여진이 몸을 한껏 움츠렸다. 눈가에는 눈물이 그렁그렁 맺혀 있었다.

"쳇, 나가자."

해월령은 콧방귀를 뀌며 몸을 일으켰다. 제갈여진은 홀쩍이 면서 주섬주섬 뜨개질거리를 품에 안고 방을 나갔다.

"내가 지금 뭘 하고 있는 건지."

적연은 닫힌 문을 바라보며 한숨을 내쉬었다. 그렇게 얼마 나 시간이 지났을까.

똑똑.

"들어가도 되겠습니까?"

방문을 두들기는 소리. 미친개였다.

"들어와."

미친개가 적연의 방 안으로 들어왔다.

"저번에 말씀하신 것 알아왔습니다."

"그래?"

"일단 해월령 소저에 관한 소문은 맞더군요. 그녀가 남오장 을 맡은 지는 삼 년. 그동안 수하로 들어왔던 이들은 여지없이 족족 죽어나갔습니다."

가늘어진 적연의 눈이 빛났다.

"맹 내에서 그녀의 별명은 사신."

"사신이라……. 유치하군."

적연의 입가에 조소가 어렸다.

"대개 죽어나간 것은 임무 중인데, 한번에 떼 몰살을 당했다 는 점입니다."

미친개의 눈이 빛났다.

"이상하지 않습니까?"

"설명해 봐."

"악연이라고 하기에는 너무나 빈도수가 잦습니다. 여지없다고 말씀드리는 편이 더욱 정확하겠군요. 마치 뭐라고 해야 할까… 예정된 운명처럼?"

"난 운명 따위는 믿지 않는다."

"말이 그렇다는 거지요 뭐."

"무림맹이 바보는 아닐 테고."

"처음에는 무림맹에서도 조사를 했다고 합니다. 하지만 뭐랄까. 흠잡을 곳이 없더군요. 결국 맹에서도 손을 놓은 모양입니다."

"너무 완벽한 것은 도리어 사람의 의심을 돋울 뿐."

"어찌할까요? 더 알아볼까요? 추가 수당만 주신다면야 뭐."

적연은 고개를 끄덕였다.

"나올 구석이 있나?"

미친개는 히죽 웃었다.

"한번 해봐야겠지요."

"그래."

"그리고… 형님의 아버지에 관해서 말인데요."

"음?"

적연이 미친개에게 시선을 주었다.

"알아낸 것이 없습니다."

"그런가……?"

"죄송합니다."

"됐어."

"무림에 오신 이유가 그것 때문 아니었습니까?"

"그만 하지."

적연이 표정을 굳히며 단호하게 말했다. 미친개는 고개를 푹 숙였다. 괜히 꼬치꼬치 캐물을 필요가 없다고 생각했다.

"죄송합니다."

적연은 고개를 끄덕이다가 미친개를 바라보며 아까부터 고민하던 말을 털어놓았다.

"그런데."

"예?"

"여기까지 빗자루를 들고 들어올 필요는 없어."

"아……."

미친개는 황망한 표정으로 자신의 손에 굳건히 쥐어져 있는 빗자루를 발견했다.

"버릇이 돼버려서 그만."

미친개는 머쓱한 표정을 지으며 처소를 빠져나갔다. 적연은 한숨을 내쉬며 몸을 일으켰다.

'어머니… 결국 당신의 유언은 못 지켜 드릴 것 같군요.'

갑갑한 마음이 들어 산책이라도 해야겠다고 생각했다.

방을 나와 복도를 따라 걷다 보니 큰 연무장이 나왔다. 그곳에는 수백 명의 무림맹 무사들이 모여 있었다.

종남산의 일이 떠올랐지만 지금은 그때와는 상황이 달랐다.

적연은 짐짓 여유로운 걸음으로 연무장을 지나쳤다.

'넓군.'

그렇게 이곳저곳을 거닐던 적연이 생각한 것이었다. 무림맹의 내부는 정말로 컸다.

곳곳마다 들어서 있는 건물들은 화려하기 그지없었고, 오가며 지나치는 무사들의 기세는 강맹하고 자부심에 가득 차 있었다.

아마도 무림맹에 몸을 담고 있다는 것에 대한 것이리라.

'부질없는.'

적연이 가볍게 고개를 저을 무렵이었다.

"아!"

그때 들려온 소리에 시선을 들어보니 저편에서 걸어오는 임지령이 보였다.

"우연이군요."

임지령은 희미한 미소를 지으며 적연에게 걸어왔다.

"그렇군."

적연은 무심한 표정으로 고개를 끄덕였다.

"여긴 웬일입니까?"

"산책 삼아 나왔을 뿐."

"예. 그럼 나중에 뵙지요."

임지령은 고개를 끄덕이며 적연을 지나쳐 갔다.

"……."

적연은 힐끗 고개를 돌려 임지령의 뒷모습을 잠시 바라보다가 가볍게 한숨을 내쉬며 멈췄던 걸음을 다시 옮기기 시작했다.

자그만 연못과 전각, 그리고 태호석을 주위로 잘 정돈된 정원이 적연의 눈앞에 펼쳐져 있었다.

"이곳은?"

적연은 잠시 고개를 갸웃거리다 전각에 누군가 앉아 있음을 깨달았다.

'잘생겼군.'

사내였다. 그것도 상당한 미남자.

이십대 초반의 사내는 불그스름한 빛이 감도는 입술에 가는 눈, 확실히 이목을 끌 만한 외모를 가지고 있었다.

"여기서 뭘 하고 있는가?"

그때 사내가 적연에게 시선을 주며 물었다.

"산책 중이오."

적연은 간단하게 대답했다. 사내는 희미한 미소를 지으며 손짓을 했다.

"이리 오게. 같이 차라도 한 잔 하지."

마다할 것은 없다. 적연은 고개를 끄덕이며 전각으로 올라갔다.

사내는 의자에 단정히 앉아 있었고, 자그만 원형 탁자 위에는 죽간이 놓여져 있었다.

"앉게."

적연이 의자에 걸터앉자 사내가 주위를 살피며 말문을 열었다.

"희야, 거기 있느냐?"

"부르셨습니까, 도련님?"

문득 저 멀리서 시비 한 명이 다가왔다.

"잔을 하나 더 내오너라."

"예."

시비는 신속하게 찻잔을 내와 적연의 앞에 놓고 차를 따라 주고는 사내에게 시선을 주었다.

"치울까요?"

시비의 시선이 향한 곳은 사내의 앞에 놓여 있는 종이였다.

"아니, 보관해 놔."

"이제 필요없는 것인데요?"

사내의 눈썹이 꿈틀거렸다.

"보관해 놔."

"예."

시비는 예를 취하며 종이를 곱게 접어 걸어갔다. 그 모습을 바라보던 적연은 고개를 갸웃거렸다.

사내는 빙그레 미소를 지으며 적연을 바라보았다.

"차 한 잔 들게."

적연은 차를 한 모금 마시며 고개를 끄덕였다.

"훌륭하군."

"비싼 차니까."

사내는 빙그레 미소를 지으며 말했다. 적연은 고개를 갸웃거렸다.

"당신, 누구지?"

"하긴, 내가 누군지 모르겠다. 하지만 난 그대를 알고 있다네."

왠지 신비로운 분위기다. 적연의 눈가에 진득한 호기심이 어렸다.

"남오장에 새로 들어온 인물이지. 이름은 적연이고."

"난 일방적인 것은 싫어해."

적연의 말에 사내는 피식 웃었다.

"들은 대로 격식이 없는 사내로군. 내 이름은 해월천이라고 하네."

순간 무언가 뇌리를 스치는 바가 있었다. 해월령과 해월천, 무언가 비스름하지 않은가.

"자네 생각대로야. 난 그녀의 동생이지. 그리고 그대들의 기주이기도 해."

"그렇군."

적연은 고개를 끄덕였다. 현재 그가 속해 있는 남오장 이외에도 동, 서, 북 세 개의 조직이 더 있다.

각 오장의 인원은 다섯 명, 그리고 그 정점에 있는 자가 해월천이었다.

"그래, 지낼 만은 한가?"

"글쎄."

적연은 어깨를 으쓱했다. 듣자 하니 무림맹 내에서도 상당히 중요한 조직이라는데 아직까지는 잘 모르겠다.

해월천은 희미한 미소를 짓다가 물어왔다.

"그건 그렇고, 사신 해월령. 알고는 있는가?"

적연은 아무런 말도 하지 않았다. 해월천은 피식 웃었다.

"하긴, 자네도 귀가 있으니 모를 리가 없겠군."

적연은 무뚝뚝한 표정으로 대답했다.

"난 미신은 안 믿는 편이라."

"그래도 조심할 필요는 있지."

해월천은 어깨를 으쓱하더니 짐짓 어조를 낮추며 말했다.

"그건 그렇다 치고, 자네, 말이 좀 짧은 것 같지 않나?"

적연은 눈살을 찌푸렸다.

"어디 갔다 와요?"

정원에 앉아 있던 해월령이 이쪽으로 걸어오는 적연을 발견하고는 미소를 지으며 손을 흔들었다.

"그냥."

"아, 그래요?"

적연은 무뚝뚝한 표정으로 말문을 열었다.

"당신 동생을 만났소."

"아……."

해월령의 표정이 굳어졌다.

"사이가 좋은 편은 아니군."

적연의 말에 해월령은 미소를 지으며 고개를 내저었다.

"그렇지 않아요."

얼굴에 깔린 어둠이 거짓임을 증명하고 있었다.

'내 상관할 바는 아니지.'

적연은 짐짓 아무렇지도 않은 표정을 지으며 해월령을 지나 처소로 들어갔다.

해월령은 그 모습을 바라보다가 한숨을 내쉬며 이마를 손으로 짚다가 황급히 외쳤다.

"아! 오늘 저녁은 회식이니까 빠지지 말고 한 시진 후에 내 처소 앞으로 모여요!"

적연은 가볍게 손을 흔들어주었다.

이윽고 적연이 처소 문을 닫고 들어갔을 무렵 해월령은 한숨을 내쉬며 방금 전까지 앉아 있던 자리에 도로 엉덩이를 붙이고 앉았다.

"천이라……."

왠지 모르게 자신을 극도로 싫어하는 아이.

아무리 기억을 더듬어보아도 해월령 자신이 잘못한 기억은 없는 것 같다.

'물론 어려서 좀 장난친 것 빼고는…….'

'설마 그것 때문인가?' 라고 생각해 보았지만 알 수가 없다. 몇 번 물어보기는 했지만 언제나 돌아온 것은 싸늘한 침묵뿐이었다.

'알 수가 없어. 속 시원하게 털어놔 주면 좋을 텐데.'

해월령은 턱을 괴며 다시금 한숨을 내쉬었다.

저벅저벅.

그때 들려온 발걸음 소리에 해월령이 고개를 들었다. 그곳에는 팔 척 장신의 사내가 서 있었다.

"아?"

북오장주인 구원랑이었다.

"오래간만이오."

"원랑도 잘 지냈어요?"

해월령이 미소를 지었지만 돌아온 것은 언제나처럼 무뚝뚝한 표정이었다. 해월령은 어깨를 으쓱했다.

"무슨 일 있어요?"

"기주께서 부르셨소."

"아……."

해월령은 고개를 끄덕이며 몸을 일으켰다.

"어서 와."

해월천은 차가운 미소를 지으며 해월령을 바라보았다.

"날 불렀다며?"

"이리 와서 앉아."

"응."

해월령은 고개를 끄덕이며 해월천의 앞자리에 앉았다.

"차?"

"어."

말이 끝나기가 무섭게 시비가 찻잔을 내왔다. 해월천은 해월령의 잔에 차를 따라준 후 탁자 위에 내려놓았다.

"넌?"

"난 방금 전에 누구랑 마셨어."

"아, 그래?"

해월령은 떨떠름한 표정으로 고개를 끄덕이며 차를 홀짝거리며 마셨다. 해월천은 그 모습을 바라보며 가볍게 한숨을 내쉬었다.

"아버님은 만나뵈었어?"

"음……."

"안 만나뵈었군."

"일이 좀 바빴거든."

해월령은 배시시 웃으며 머리를 긁적였다. 해월천은 그 모습을 바라보다가 눈을 빛내며 말문을 열었다.

"단도직입적으로 말하지. 임무야."

"풋!"

순간 해월령이 입 안에 머금었던 찻물을 쏟아냈다. 해월천은 눈살을 찌푸리며 손수건으로 자신의 옷이 젖은 부분을 닦아냈다.

"경박한 것은 여전하군."

"임무라니?"

해월령은 눈을 동그랗게 떴다.

"돌아온 지 일주일도 안 됐어."

"알아."

"그런데 왜……?"

"내가 기주니까."

해월천의 말에 해월령은 잔뜩 인상을 찡그렸다.

"니 마음이라?"

"그래. 내일 아침에 바로 떠나도록 해."

말을 끝내고 해월천이 힐끗 시비를 바라보았다. 그녀가 죽
간을 해월령에게 건넸다.

촤르륵.

죽간을 펼쳐 들고 안의 내용을 살피던 해월령이 번뜩 고개
를 들었다.

"야!"

"어려운가? 못하겠어? 그러면 관둬."

부르르.

죽간을 쥔 해월령의 주먹이 떨리고 있었다.

"나름대로 난 널 생각해 주는 거야. 점수를 쌓아야 하잖아?
우린 경쟁 관계니까. 조금쯤은 대등하게 만들어주고 싶은 거
지."

이죽거림이다.

해월령은 한숨을 내쉬며 고개를 끄덕였다.

일단은 받아들이겠다는 표정. 하지만 마음이 편치 않다.

"너, 무슨 생각이야?"

해월천의 입꼬리가 한쪽으로 말려 올라갔다. 해월령은 고개

를 가볍게 내저으며 몸을 일으켰다.

무슨 말을 해도 통하지 않을 것이기에.

"가겠어."

해월령이 몸을 돌릴 무렵이었다. 그 모습을 바라보던 해월천이 그녀의 발걸음을 잡아끌었다.

"적연이라고 했던가?"

"그 사람은 왜?"

"우연히 만났지."

해월천은 히죽 미소를 지으며 말을 이었다.

"경박스럽더군."

해월령은 입술을 깨물며 멈췄던 걸음을 옮겼다.

제갈여진은 팔짱을 낀 채 투덜거렸다.

"애가 어딜 간 거지?"

"없소?"

뒤늦게 도착한 적연의 물음에 제갈여진이 고개를 끄덕였다.

"처소에도 없네요."

"저, 왔어요."

때마침 들려온 목소리에 세 사람의 고개가 그쪽으로 돌아갔다. 해월령은 힘없는 걸음걸이로 걸어오고 있었다.

"늦었잖아."

제갈여진은 가볍게 눈을 흘기며 해월령을 바라보았다.

"미안. 천이가 불러서 말이야. 좀 생각할 것도 있었고."

"천이가?"

해월령은 고개를 끄덕였다. 그리고 세 명을 바라보며 씁쓸한 미소를 지었다.

"무슨 일입니까?"

여태까지 가만히 상황을 주시하고 있던 임지령의 물음에 해월령은 힘없는 목소리로 말문을 열었다.

"에… 그러니까 임무가 떨어졌습니다."

해월령의 말에 적연과 제갈여진, 그리고 임지령의 눈이 휘둥그레 떠졌다.

"벌써?"

제갈여진은 눈살을 찌푸리며 반문했다. 그럴 만도 한 것이, 남오장이 새로운 인물들로 채워진 지 갓 열흘이 지난 시점이었기 때문이다.

아직 서먹서먹할 시점에서 갑작스런 임무라는 것은 선뜻 이해가 되지 않는 것이었다.

물론 적연과 해월령, 제갈여진의 경우에는 친해지고 자시고가 없는 관계였지만 임지령은 그렇지가 못했다.

"위에서 하라는데 어쩌겠어?"

해월령은 어깨를 으쓱하며 긴 한숨을 토해냈다.

"출발은 내일 아침 기상과 동시에. 그러니 지금부터 준비를 해놔야 해요. 각자들 처소로 돌아가시고 오늘 밤에는 아무 생각 말고 빨리 취침하도록 하세요."

"에이, 뭐야."

제갈여진은 못마땅하다는 표정을 지었지만 어쩌겠는가, 이미 명이 떨어졌는데.

어깨를 축 늘어뜨린 채 터덜터덜 자신의 처소로 걸어갔다.

"드디어 첫 임무인가?"

그에 반해 임지령은 왠지 모르게 들뜬 표정을 지으며 몸을 돌렸다.

'왠지 느낌이 안 좋군.'

적연은 처소로 돌아오며 생각했다.

아침 일찍 무림맹을 나선 일행은 무한을 벗어나 관도로 들어섰다.

"근데 우리 어디로 가는 거야?"

제갈여진의 물음에 해월령이 말문을 열었다.

"남경."

해월령의 말에 제갈여진과 임지령은 고개를 갸웃거렸다.

"남경이면 강소까지 가야 하는 거야?"

"먼 여행이 되겠지?"

"머네."

제갈여진의 투덜거림에 옆에서 걷던 적연이 물었다.

"임무는 무엇이오?"

해월령이 투덜거렸다.

"그게 문제예요."

"무슨 소리야?"

제갈여진이 참지 못하고 물었다. 해월령은 입술을 삐죽 내밀며 속에 담아뒀던 불만을 쏟아냈다.

"수룡왕 처단."

"뭣?"

순간 임지령을 비롯한 제갈여진의 눈이 동그랗게 떠졌다. 영문을 모르겠다는 듯 멍한 표정을 짓고 있는 것은 적연이 유일했다.

"수룡왕이 누구요?"

적연의 물음에 임지령이 황당하다는 표정을 지었다.

"수룡왕을 모른단 말이오?"

"원래 이 사람이 무림 정세에 좀 어두워요."

해월령이 머리를 긁적이며 말했다. 그리고 적연의 옆구리를 쿡 찌르며 눈을 흘겼다.

"내가 가져다준 책자 봤어요?"

적연은 멀뚱한 표정으로 기억을 더듬다가 손바닥을 탁 쳤다. 분명 무림 정세란 책자를 가져다주기는 했다.

읽지는 않았지만.

"안 읽었구면."

무슨 말을 하겠는가. 단지 고개만 끄덕일 따름이었다.

"수룡왕은 장강십팔채의 수장이에요. 포악하기 그지없는 악당이지요."

제갈여진의 말에 적연은 고개를 끄덕이며 다시금 물었다.

"강한가?"

"강하지요. 엄청나게."

적연은 고개를 끄덕이다가 해월령에게 시선을 주었다.

"궁귀 영감보다?"

"흐음……."

해월령은 턱가를 매만지며 침음성을 흘렸다. 왠지 답하기 어렵다.

"일단 서열상으로는 비스름하니까……."

"그럼 됐군."

적연은 만족스러운 미소를 지었다. 그때 옆에서 걷고 있던 임지령이 눈을 동그랗게 뜨며 물어왔다.

"설마 궁귀 조형을 말하고 있는 것이오?"

"예."

"아직 살아 있답니까?"

해월령이 고개를 끄덕였다.

"살아 있던데요? 얼마 전에 잠깐 마주쳤어요."

"으으……."

짐짓 대수롭지 않은 투로 말하는 해월령이었지만 제갈여진은 그렇지가 못했는지 질린 표정으로 신음성을 흘렸다. 아무래도 예전의 기억이 되살아난 탓이었다.

해월령은 그 모습을 바라보다가 생각났다는 표정으로 자신의 허리춤에 차인 검을 탁탁 쳤다.

"자, 모두들 주목."

"음?"

세 사람의 시선이 자연스럽게 해월령 쪽으로 모였다.

해월령은 자신의 검을 은근슬쩍 들어 보였다. 그때 제갈여
진이 눈을 빛냈다.

"와, 멋있다!"

"그치? 이게 바로 해월가에 내려오는 다섯 자루 보검 중 하
나인 파천검이라 이거야."

"파천검?"

적연은 모르겠다는 표정으로 고개를 갸웃거렸지만 임지령
은 감탄성을 터뜨렸다.

"이게 그 유명한 파천검이오?"

"어때요? 멋들어지지요?"

임지령이 고개를 끄덕였다. 파천검은 한마디로 말해 화려하
기 그지없었다.

검집은 순백색이었고, 검자루는 황금빛이었다.

"이게 삼백 년이나 된 보검이라고요. 어제 해월가에 들른 김
에 슬쩍해 왔지."

해월령의 말에 제갈여진과 임지령은 고개를 설레설레 내저
었다. 하지만 적연의 경우는 별 관심이 없는 표정이었다. 해월
령은 볼을 살짝 부풀리며 적연에게 다가와 검을 보였다.

"멋지죠?"

"어서 갑시다."

"…쳇."

해월령은 잠시 투덜거리다가 미소를 지었다.

적연이 그 모습을 바라보며 말했다.

"생각보다 밝군."

"예?"

"어제는 완전히 죽을상이더만."

해월령은 배시시 웃었다.

"어쩔 수 없잖아요. 그리고… 나도 믿는 바가 있으니까요."

해월령의 시선은 적연에게 향해 있었다. 그녀는 적연에게 다가서며 조그만 목소리로 속삭였다.

"이번에도 잘 부탁해요."

"이번에도?"

"당연히 당신이 처리해 줄 거잖아요."

"왜 당연하지?"

해월령은 배시시 웃으며 어깨를 으쓱했다.

"우리 중 가장 세잖아요. 원래 세상 사는 게 다 그런 것 아니겠어요?"

第九章

수룡왕을 찾아라

龍
劍風

"장강은 그 길이만 일만 육천 리에 달하고 황하와 더불어 중원의 젖줄이라 할 수 있소."

"…그렇다네요. 이제 알겠죠?"

앞의 말은 임지령이었고, 뒤는 해월령이었다.

적연은 턱가를 매만졌다.

"마치 당신이 설명한 것처럼 말하는군."

"헤헤헤."

해월령은 배시시 웃으며 머리를 긁적였다. 적연은 주위를 살피며 눈앞에 내려다 보이는 성을 바라보았다.

장강가에 자리 잡은 강소성의 성도, 그리고 적연 일행의 목적지인 남경이었다.

"남경을 뭐라고 하는지 알아요?"

"……?"

"육조의 고도(古都)라고 해요. 고대의 여섯 왕조의 고도였거든요."

해월령의 말대로 남경은 동오(東吳), 동진(東晉), 남북조시대 송(宋), 제(齊), 양(梁), 진(陳)의 고도였다.

역사와 전통을 자랑하는 고도. 하지만 현재 일행을 괴롭히고 있는 문제는 다른 것이 아니었다.

"그건 그렇다 치고, 정말 덥군."

적연은 눈살을 찌푸리며 목줄기를 타고 흘러내리는 땀을 닦아냈다.

"어쩔 수 없어요. 남경은 중원에서도 가장 더운 지방 중 하나거든요."

대막만큼은 덥지 않다. 하지만 이렇게 습하니 참기가 힘들 지경이었다. 그것은 제갈여진과 임지령 역시 마찬가지였다.

그들은 연신 거친 숨을 토해내며 부채를 부치고 있었다.

적연은 주위를 살피며 방금 전부터 느꼈던 의문점을 중얼거렸다.

"산이라고는 눈 씻고 봐도 찾아볼 수 없군."

해월령은 빙그레 미소를 지으며 다시금 임지령에게 시선을 주었다.

"절강은 평원뿐이라 가장 높은 산이 채 이십 장이 안 돼요."

"들었지요?"

해월령은 알겠냐는 표정을 지으며 어깨를 으쓱했다. 뭐라 말하겠는가. 적연은 멍한 표정으로 고개를 끄덕여 줄 수밖에 없었다.

"자, 어서들 성안으로 들어가지요."

해월령의 말에 제갈여진과 임지령은 고개를 끄덕였다. 일단 어디든 들어가서 앉고 싶은 마음이 굴뚝같았기 때문이다.

문득 그 뒤를 따르던 적연이 물어왔다.

"그 수룡왕이란 사내는 어디로 가야 만날 수 있소?"

뒤이어 돌아온 것은 세 사람의 황당한 시선. 적연은 눈을 동그랗게 뜨며 '왜 그런 시선으로 날 바라보는 거요?' 란 표정을 지어 보였다.

"아직 말 안 해줬나?"

"아, 그러고 보니."

해월령의 당황스럽다는 어조에 제갈여진이 고개를 끄덕였다.

적연은 고개를 갸웃거렸다.

"무슨 소리요?"

"사내가 아니에요, 수룡왕은."

적연은 입을 벌렸다.

                    *   *   *

호피를 감싼 의자에 앉아 있던 삼십대 여인이 눈을 동그랗게 떴다.

"살수?"

그러자 그 앞에 서서 얼굴에 분을 찍어 바르던 여인이 건성 건성 고개를 끄덕였다.

"그렇다네요."

"이상하네. 난 원한 살 일은 한 적이 없는데."

문제의 수룡왕 허난경이었고, 무엄하게도 상관 앞에서 분을 쳐 바르는 여인은 허난경의 수족이자 지여선이란 이름을 가진 아녀자였다.

지여선은 웃기지도 않다는 표정을 지으며 조그만 목소리로 중얼거렸다.

"없기는."

"너 지금 뭐라고 했어?"

"아무 말도 안 했는데요?"

빠직.

"웃기지 마! 뭐라고 웅얼거렸잖아?"

허난경의 외침에 지여선도 지지 않고 맞섰다.

"증거 있어요?"

가슴을 내민 당당한 자태. 한 치의 흔들림도 보이지 않는 표정은 정말로 올곧은 충신의 얼굴이었다.

"내가 말을 말아야지. 어쩌자고 저런 년을 수하로 받아들여서 이 고생인지."

허난경은 한숨을 내쉬며 고개를 설레설레 저었다. 말 한마디라도 지려고 들지 않는 성격을 어디 모르겠는가.

'한 살이라도 많은 내가 참아야지.'

이렇게 자신을 자위할 수밖에 없었다.

"그건 그렇고, 그 살수는 어쩔 거지?"

"잡아다 족치면 되죠."

"그러니까 어떻게?"

답답한 마음에 쏘아붙여 봤건만 지여선은 어깨를 으쓱할 따름이었다.

"제가 언제 일 처리로 실망시켜 드린 적 있어요?"

지여선의 입가에 희미한 미소가 머금어졌다. 자신감에 가득 찬 표정이었다. 허난경은 일그러졌던 얼굴을 풀었다.

언제나 이런 식이다. 또한 언제 지여선이 자신을 실망시킨 적이 있던가?

"믿겠다."

"당연히 믿으셔야지요. 아, 씨! 오늘따라 화장은 왜 안 먹고 지랄이야, 지랄은!"

꼭 잘나가다가 이 모양이다.

허난경은 지끈거리는 머리를 부여잡으며 나지막이 중얼거렸다.

"믿겠다는 말 취소."

적연은 눈을 떴다.

"흐음."

가벼운 침음성과 함께 적연은 몸을 일으키며 자신의 품에 안고 있던 검을 들었다.

사박.

조심스럽게 침상을 내려온 적연은 눈살을 찌푸렸다. 어느새 문 바깥으로 기척이 느껴졌다.

저벅저벅.

적연은 천천히 걸음을 옮기며 문 쪽으로 다가섰다. 짐짓 발걸음 소리를 크게 내었다.

사사삭!

예상대로 바깥에서 반응이 왔다. 적연의 검을 뽑아 들어 나무로 된 문짝을 대각선으로 그었다.

슈가각!

일시에 문이 잘려 떨어져 나가며 적연의 눈앞에 당황한 표정의 상대편이 보였다.

아까의 녀석들과 마찬가지로 험상궂은 얼굴에 박도를 들고 있었다. 적연은 눈가를 번뜩이며 그대로 검을 찔러 들어갔다.

"아악!"

한 명이 검에 찔린 부분을 감싸 쥐며 바닥에 주저앉았다. 적연은 다시 한 번 수평으로 검을 휘둘렀다.

서걱!

달빛에 비친 검날이 번뜩임과 동시에 세 명이 목을 부여잡으며 쓰러졌다.

후두둑! 하는 소리와 함께 피가 쏟아져 바닥을 적셨다. 적연은 그에 그치지 않고 단번에 밖으로 튀어나가며 나머지 적을 때려눕혔다.

끼이익.

임지령이 묵고 있던 방문이 거추장스런 소음을 내며 열렸다.

"무슨 일이오?"

아직 잠에 취한 모습이다. 적연은 혀를 끌끌 찼다.

"아……."

임지령의 눈이 크게 치켜떠졌다. 바닥에 널브러져 있는 적의 모습을 발견한 탓이었다.

"이, 이들은 도대체?"

적연은 고개를 내저으며 임지령을 지나쳐 제갈여진과 해월령이 잠들어 있는 방문을 두들겼다.

"…으음."

잠에 취한 목소리가 들려왔다.

탕탕!

"잠시만요."

이윽고 방문이 열리며 이불을 뒤집어쓴 채 해월령이 보였다. 그녀는 적연을 바라보며 눈살을 찌푸렸다.

"한참 달게 자고 있었는데."

"둘 다 어서 옷 갈아입으시오."

"무슨 일이에요?"

대답은 필요없었다. 단지 바닥에 널브러져 있는 녀석들의 모습을 보여주는 것으로 충분했다.

잠시 후 해월령은 반쯤 눈이 감겨 있는 제갈여진을 끌고 나왔다.

"얘가 원래 잠을 잘 못 깨요."

지체할 시간이 없었다. 적연은 제갈여진을 등에 업고 재빨리 계단으로 내려왔다.

갑작스런 상황에 놀라 당황한 듯 경황이 없어 보이는 점소이를 뒤로하고 객점을 나서서 얼마나 달렸을까. 적연이 발걸음을 멈추고 해월령과 임지령을 돌아보았다.

두 사람 모두 숨을 헐떡이고 있었다.

적연은 고개를 힐끗 돌려 등에 업혀 있는 제갈여진을 바라보았다. 언제 깼었는지는 모르겠지만 얼굴을 붉히고 있었다.

"내려주지."

적연이 몸을 숙이기가 무섭게 제갈여진이 냉큼 기대고 있던 등에서 폴짝 뛰어내렸다.

"심상치 않소."

적연의 말에 해월령과 임지령이 고개를 끄덕였다. 적연은 침음성을 흘리며 자신이 생각하고 있던 바를 말했다.

"우리에 관한 정보가 흘려진 것 같소만."

"그런 것 같네요."

해월령이 고개를 끄덕였다.

그 시각.

"으음."

지여선은 이빨로 손톱을 깨물며 침음성을 흘렸다.

십여 개 조로 나눠 파견해 놓은 수하들 중 한 조가 여태껏 중간 보고를 해오고 있지 않았다.

"그렇다는 이야기는."

살수들과 맞닥뜨렸다는 뜻이리라.

"남경이라……."

지여선은 몸을 일으켰다.

"직접 가시렵니까?"

뒤를 따르는 수하의 물음에 지여선이 고개를 저었다.

"아니."

"그럼……?"

왜 몸을 일으켰냐는 물음이다.

하지만 지여선은 아무런 대답 없이 걸음을 옮겼다. 수하의 마음이 급해졌다.

"그러면 어디를……?"

"……."

"말씀을 해주서야……."

순간 지여선은 입술을 으적 깨물며 수하의 뺨따귀를 냅다 후려쳤다.

"이 눈치없는 새끼!"

수하는 얼얼하게 부어오른 볼을 매만졌다.

"날랜 애들로 골라서 남경으로 보내."

그 말이 끝남과 동시에 지여선이 문을 박차고 뛰어나갔다.

측간(화장실)이 보였다.

*　　　*　　　*

"이상하군."

적연의 중얼거림에 해월령 역시 평소와는 다르게 심각한 표정을 지으며 고개를 끄덕였다.

해월령은 두 손으로 자신의 머리를 감싸 쥐며 고개를 떨궜다. 극심한 불안감에 가득 찬 눈이었다.

친구답게 제갈여진이 해월령의 상태를 곧바로 알아챘다. 그녀는 불안했던 것이다. 사신이란 자신의 별명이.

제갈여진은 걱정스런 표정으로 해월령의 어깨에 손을 얹으며 말문을 열었다.

"아무도 안 죽었어."

고개를 든 해월령의 입가에 씁쓸한 미소가 머금어졌다.

"그렇구나."

안도의 표정이었다. 하지만 얼굴에 드리워진 그림자가 사라진 것은 아니었다.

적연이 나서며 해월령의 팔을 붙잡고 거칠게 일으켰다.

"아파!"

해월령이 인상을 찡그리며 적연을 바라보았다. 그는 짐짓 무심한 표정을 지어 보였다.

"돌아가면 술이나 한잔 거하게 사시오."

무뚝뚝하기도 하거니와 지금의 상황에 맞지 않는 말이었다. 하지만 그의 말속에 숨은 뜻은 알아챌 수 있었다.

그는 술을 사라고 했다. 돌아가서.

해월령의 입가에 희미하나마 미소가 머금어졌다.

"잘난 척하기는."

적연은 어깨를 으쓱했다. 문득 뒤에서 그 모습을 바라보고 있던 임지령이 물었다.

"그것보다 이제 어떻게 할 겁니까?"

"뻔하잖아요."

보아하니 이미 수룡왕 측에서는 자신들의 존재를 눈치 챈 것 같다. 그렇다면 남은 방법은 한 가지.

"가서 부딪쳐야지요."

임지령은 고개를 끄덕였다.

"그런데 수룡왕이 어디에 있는 거지?"

제갈여진의 물음에 해월령이 머리를 긁적였다. 지금 당면한 가장 큰 문제는 수룡왕이 어디 있느냐는 것이었다.

"글쎄."

수룡왕의 경우는 그 거처가 일정치 않았다. 계속해서 옮겨 다니는 처지라고나 할까.

가만히 그들의 말을 듣고 있던 적연이 앞으로 한 걸음 나섰다.

"알아낼 수밖에 없겠군."

"방법이 있어요?"

적연은 고개를 끄덕였다. 제갈여진은 걱정스러운 표정을 지으며 조심스럽게 물어왔다.

"일을 너무 크게 벌이는 것 아닌가요?"

제갈여진의 걱정은 당연한 것이었다. 애초부터 수룡왕의 암살이 그 목적이었다.

적연은 가볍게 고개를 내저었다.

"이미 커져 버렸소."

"그렇죠?"

해월령은 적연의 의견에 동조하는 빛이었다. 그의 말마따나 이미 은밀히 처리하기에는 늦어버렸다.

적연은 입술을 살짝 베어 물었다.

그리고 그들을 바라보는 시선이 있었다.

잔뜩 기척을 숨긴 채 적연 일행을 살피던 사내는 눈가를 빛내며 품에서 서신을 꺼내 무언가를 적기 시작했다.

적연 일행에 관한 것을 알리기 위함이었다.

푸드득!

이윽고 전서구가 사내의 어깨 위로 내려앉았다.

"알려라."

사내는 전서구의 다리에 서신을 묶고는 하늘로 날려 보냈다. 그리고 그 순간,

"여어."

사내의 귓가를 파고든 음성과 함께 미친개가 모습을 드러

냈다.

"……!"

사내의 눈이 치켜떠졌다.

퍽!

녀석은 그와 동시에 복부를 파고든 미친개의 주먹에 비명 한번 제대로 질러보지 못하고 그 자리에 널브러졌다.

"바보 놈."

미친개는 히죽 웃으며 쪼그리고 앉아 적연 쪽을 바라보았다.

적연과 미친개의 시선이 마주쳤다.

적연은 고개를 끄덕였고, 미친개는 희미한 미소를 지으며 몸을 날렸다. 그는 하늘을 날고 있는 전서구에게 시선을 놓치지 않고 달렸다.

*　　　*　　　*

푸드득!

지여선은 창가에 내려앉은 새를 바라보며 눈썹을 꿈틀거렸다. 다리에 묶여 있는 서신이 보였기 때문이다.

지여선이 손을 내밀자 전서구가 날개를 퍼덕여 그녀의 손 위로 내려섰다.

"흐음."

지체없이 전서구를 펼쳐 본 지여선의 눈살이 찌푸려졌다.

"무슨 속셈이지?"

서신 안에는 적연 일행의 행동이 적혀 있었다. 노골적으로 수룡왕의 거처를 찾겠다는 의견을 말한 내용이었다.

"재미있군."

보통이라면 더욱 은밀히 숨어들었어야 함이 옳다. 하지만 적연 일행의 행동은 자신의 의도를 가뿐히 무시하고 있었다.

"애들 뽑아서 보내."

"예."

어제 따귀를 맞은 곳이 아직도 부어 있는 사내가 명을 받들며 신속한 걸음걸이로 밖으로 나갔다.

"도발인가?"

지여선은 나지막이 중얼거렸다.

"칫!"

지여선은 콧방귀를 뀌었다. 하지만 자신을 바라보고 있는 미친개의 시선을 알아채지는 못했다.

'그리 멀지 않은 곳이었군.'

미친개는 히죽 미소를 지었다. 이제 남은 것은 단순하다. 적연 일행에게 이곳의 위치를 알려주면 된다.

'어디 보자.'

미친개는 예리하게 눈을 들어 주변 경관의 특징을 살폈다.

이제는 돌아가면…….

'어?'

미친개가 고개를 갸웃거리다가 머리를 긁적였다.

'남경이 어느 방향이지?'

그 자신마저 잠시 잊고 있었던 치명적 결함.

그렇다.

미친개는 길치였다.

적연은 심각한 표정으로 침음성을 흘렸다. 전서구의 뒤를 쫓았던 미친개가 이틀이 지난 아직까지도 연락이 없었기 때문이다.

'설마 본거지가 그토록 멀리 떨어져 있는 걸까?'

가능성은 있는 이야기다.

'그렇지 않다면……'

다른 한 가지의 가능성이라면 이것밖에 없었다.

'사로잡혔을까?'

그렇지 않고서야 이토록 연락이 없을 수는 없다.

"아직 연락이 없어요?"

해월령의 물음에 적연이 고개를 끄덕였다.

"혹시라도 뭔가 잘못된 것이 아닐까요?"

"일단 기다려 봐야겠지."

"길이라도 잃었나?"

"설마 그럴 리가."

적연은 그럴 리 없다는 표정으로 고개를 내저었다. 하지만 아무 의미 없이 내뱉은 해월령의 말이 정답이었다.

"우리를 무시하는 거냐!"

그때 들려온 목소리에 적연이 고개를 들었다. 흉포한 인상의 사내들이 적연 일행을 둘러싼 채 살기를 뿜어내고 있었다.

수룡왕 측에서는 열심히 척결대를 보냈다. 결국에는 이 꼴이 되어버렸지만.

"아, 깜박했군."

적연은 손뼉을 치며 주먹을 치켜들었다.

콰쾅! 우직! 콰직!

"으악! 으아악!"

찢어지는 듯한 비명 소리가 사방에서 울려 퍼진 지 얼마나 지났을까. 해월령은 익숙해진 듯 여유로운 표정으로 멀뚱히 서 있을 따름이었다.

"이봐요."

해월령은 쪼그리고 앉으며 기절 직전에 있는 녀석을 바라보았다.

"수룡왕, 어디 있어요?"

"으으으……."

아무래도 정신이 없는 모양이다. 해월령은 주먹으로 냅다 복부를 후려쳤다.

"카욱!"

갑작스런 충격에 녀석이 눈을 부릅뜨며 배를 부여잡고 데굴데굴 굴렀다. 해월령이 깜찍한 미소를 지으며 말문을 열었다.

"말하고 기절해요."

"아, 악독한 년……."

면전에 대고 욕을 먹은 탓일까. 해월령이 입을 한 다발이나 내밀며 적연을 바라보았다.

"왜?"

"이 새끼, 조져요."

"성격 하고는."

자못 당황한 표정을 지었지만 틀린 말은 아니었다. 적연은 짐짓 위압적인 얼굴로 녀석에게 다가섰다. 그와 비례해 녀석의 얼굴은 백지장처럼 질렸다.

"으, 으아아!"

그리고 잠시 후,

사람의 형상이 아닌 얼굴로 무릎을 꿇고 앉아 있던 녀석은 연신 콧물을 훌쩍이며 적연의 눈치를 살폈다.

"우리도 명령을 받았을 뿐… 수룡왕께서 어디에 계신지는 확실히 알지 못합니다."

"쓰읍!"

"지, 진짜예요!"

적연이 눈을 부라리자 녀석이 화들짝 놀라며 외쳤다.

해월령은 녀석의 눈동자를 가만히 뜯어보다가 고개를 들며 적연을 바라보았다.

"거짓은 아닌 것 같아요."

"곤란하군."

적연은 턱가를 매만지며 침음성을 흘렸다. 녀석은 그 모습을 바라보다가 말했다.

"호, 혹시 진강에 가면……."

"진강?"

"거기라면 제 동료들도 있으니 알 수 있을지도 모릅니다."

"진강이라……."

적연은 해월령을 바라보았다. 어쩌겠냐는 물음이었다.

해월령은 눈을 희번덕 뜨며 녀석에게 윽박질렀다.

"거짓이면 죽어!"

"흑… 흐흑!"

녀석은 바보같이 눈물을 훌쩍였다.

해월령은 적연을 바라보며 히죽 미소를 지었다.

"진강이라네요."

"그렇군."

적연은 가볍게 고개를 끄덕였다.

*　　　　*　　　　*

미친개는 초췌해진 얼굴로 길가를 헤매다가 손뼉을 탁! 하고 쳤다.

"아!"

드디어 남경으로 돌아갈 수 있는 방법을 찾았다.

'왜 내가 여태껏 그 생각을 못했을까?' 란 생각이 절로 날 정도였다. 그 방법이란 바로 이곳까지 오며 자신이 남긴 체취를 찾는 것이었다.

그것만 따라가면 남경으로 돌아가기란 누워서 떡 먹기가 아닌가.

생각과 행동은 동시에 이루어졌다.

쿵쿵!

미친개는 바닥에 코를 박고 앉아 자기 자신의 체취를 찾기 시작했다. 그렇게 얼마나 시간이 지났을까.

"제, 제길."

중이 제 머리 못 깎는다는 말이 있듯 자기 자신의 체취를 찾기가 무척이나 힘들었다.

'포기할 수는 없지.'

당혹스럽기는 했지만 다시금 마음을 다잡았다. 그리고 각고의 노력 끝에 자신의 것이라 생각되는 체취를 찾았다.

'좋아.'

이제는 가기만 하면 된다.

미친개는 몸을 잔뜩 낮추며 한 걸음을 내디뎠다.

'제가 갑니다.'

뿌듯한 기분을 느끼던 찰나였다.

"손 들어."

목뒤에 느껴지는 뾰족한 금속의 감촉과 뾰족한 아낙네의 목소리.

"나 땀 나게 할 생각일랑 하지도 마. 화장 지워지는 건 죽기보다 싫거든?"

지여선이었다. 미친개는 고개를 떨궜다.

"씨발."

빡!

"싸가지없는 놈이 어디서 보자마자 욕지거리야, 욕지거리는!"

*　　　*　　　*

낡은 집들과 점심나절부터 길바닥에 쓰러진 채 코를 골며 잠든 많은 취객들이 보였다.

"죽어! 죽어!"

"이 자식이!"

퍽퍽!

서로의 멱살을 틀어쥔 채 주먹다짐을 하는 이들과 그 주위를 둘러싸고 누가 이기나 내기를 하는 사람들은 부지기수.

"개판이군."

적연의 말에 해월령이 고개를 끄덕였다.

진강. 남경에서 동쪽으로 하루 거리에 있는 곳.

"버림받은 자들의 마을입니다."

처음 적연 일행에게 진강이란 말을 꺼낸 대가로 적연에게 잡혀 이곳까지 끌려온 사내 위연은 음침한 미소를 지었다.

적연이 눈을 가늘게 떴다.

"인상."

활짝.

혹시 또 얻어맞을까 싶어 위연은 신속하게 비굴한 미소로 전환했다.

"으으… 드러워."

제갈여진은 손수건으로 코와 입을 막으며 인상을 찡그렸다. 그도 그럴 것이, 길가 이곳저곳에 방치된 오물들이 코를 찌를 정도였기 때문이다.

불쾌한 것은 임지령이나 해월령 역시 마찬가지였다.

"사람이 제일 많은 곳으로 안내해라."

"예."

위연이 고개를 끄덕이며 한 걸음을 내디뎠을 무렵이다.

"어머?"

갑자기 한 여인이 적연 일행의 앞을 막아섰다. 색기 넘치는 짙은 화장에 천 값이 얼마 안 들었을 것 같은 옷을 입은 여인이었다.

위연의 눈이 동그랗게 떠졌다.

"어?"

"안녕?"

"매향아!"

여인이 방긋 웃었다.

짝!

경쾌한 소리와 함께 위연의 얼굴이 옆으로 돌아갔다. 여인 매향은 때린 손을 붙잡은 채 얼굴을 찌푸리고 있었다. 있는 힘 껏 때렸으니 그럴 만도 했다.

"꼴을 보아하니 오늘은 외상값 못 갚겠네?"

"헤헤헤."

위연은 매향에게 맞은 볼을 감싸 쥐며 머쓱하게 웃었다.

매향은 위연의 귓가에 대고 말했다.

"빨리 안 갚으면 거길 잘라 버릴 테야."

"힉!"

살벌한 말에 위연이 반사적으로 자신의 중요한 곳을 두 손으로 가렸다. 매향은 히죽 웃다가 위연의 뒤에 서 있는 적연과 임지령을 발견하고는 색기 어린 미소를 지으며 다가왔다.

"어마? 오빠들, 너무 멋있다. 우리 집에서 놀고 가."

임지령의 얼굴이 순식간에 홍당무처럼 붉어졌다. 그와 동시에 해월령과 제갈여진의 얼굴이 찡그려졌다.

매향은 풍만한 엉덩이를 흔들었다. 보다 못한 적연이 가볍게 손을 내밀며 제지했다.

"비켜서라."

"어마! 오빠, 정말 잘생겼다."

"비키라는 말 안 들리나?"

적연이 눈을 번뜩였다. 순간 매향이 뒤로 한 걸음 물러서다가 바닥에 주저앉았다. 종남파의 장문인인 천해주도 놀랐을 정도의 기세다. 그녀가 버텨낼 수 있을 리 없었다.

"하아……."

위연이 큰 한숨을 내쉬었다. 그 역시 상당히 질린 표정이었다. 적연은 뿜어내던 기세를 풀었다.

"앞장서라."

"예, 예."

위연은 얼빠진 얼굴인 채로 황급히 걸음을 옮겼다. 해월령과 제갈여진은 싸늘한 눈빛으로 매향을 힐끗 바라보았다.

"천해."

"나름대로 살아가는 법이오."

적연은 해월령과 제갈여진을 바라보며 말을 이었다.

"아무것도 모른 채 왈가왈부하지 마시오."

"……."

따끔한 한마디에 입을 다물기는 했지만 수긍하지는 못하는 표정이었다. 적연은 가볍게 한숨을 내쉬었다.

이윽고 위연이 발걸음을 멈췄다.

이층으로 되어 있는 목재 건물은 언뜻 보기에도 위태위태해 보였다.

"이곳인가?"

적연의 물음에 위연이 고개를 끄덕였다.

"앞장서라."

"예."

위연은 고개를 끄덕이며 건물 안으로 들어섰다.

그리고 드러난 광경은 난장판이었다. 거의 가슴을 드러낸 옷을 입은 여인들이 외간 남자들과 어울려 교태로운 웃음을 흘리고 있었고, 이곳저곳에서 고성이 오고 갔다.

해월령과 제갈여진의 얼굴엔 노골적으로 불쾌한 기색이 묻어 나왔다. 그러나 임지령은 왠지 모를 호기심 어린 표정이었다.

"흐음."

그에 반해 적연은 한결 여유로웠다. 상당히 익숙한 듯한 얼굴이었다.

"과연 어느 곳이나 똑같군."

"예?"

적연의 중얼거림에 해월령이 고개를 갸웃거렸다.

"아무것도 아니오."

아무것도 아니라는 표정으로 손을 내저은 적연이 주위를 살폈다. 그리고 이내 한쪽 구석에 앉아 묵묵히 술을 들이켜고 있는 사내를 발견했다. 난잡한 이곳의 분위기와는 정반대다.

뚜벅뚜벅.

적연은 그 사내를 향해 천천히 걸음을 옮겼다.

천천히 술잔을 들던 사내는 자신의 주위가 어두워졌음을 깨달았는지 고개를 들었다.

"뭔가?"

사내의 물음에 적연은 아무런 말도 없이 맞은편 의자를 꺼내 앉았다.

꿈틀.

"앉으라고 허락한 적 없는데?"

"물어볼 것이 있어서."

적연은 무심하게 대답하며 손을 뻗어 술병을 들었다.

꿀꺽꿀꺽.

목을 타고 독한 화주가 흘러들어 갔다. 그에 비례해 사내의 얼굴 표정이 점점 일그러졌다.

탁!

적연은 술병을 내려놓으며 말문을 열었다.

"수룡왕, 어디 있나?"

"뭐 하는 놈이냐?"

사내의 눈빛이 차가워졌다.

"수룡왕을 죽일 사람……."

덜그덕!

그 순간 사내가 의자를 박차고 몸을 일으켰고, 어느새 검끝이 적연의 목에 닿아 있었다.

힐끗.

멀거니 서 있는 해월령 일행이 보였다. 적연은 가볍게 방금 전의 말을 끝맺었다.

"그리고 그 외 세 명."

"배짱도 좋은 놈이군."

"성격이 급한 자군."

꿈틀.

사내의 눈썹이 파르르 떨렸다. 자신이 놀림을 당했다는 사실을 깨달았기 때문이다.

"이놈!"

한줄기 커다란 외침과 동시에 적연이 손가락을 퉁겨 검날을 때렸다.

땅! 하는 소리와 함께 사내의 검이 급격하게 휘어졌다.

"엇!"

사내의 몸이 검이 휘어진 방향으로 기울었다.

순간 적연의 주먹이 사내의 옆구리에 작렬했다.

"크억!"

사내가 비명을 지르며 바닥에 무너졌다. 단 한 번의 주먹질로 갈비뼈가 조각나 버렸다.

"커억! 컥!"

마른기침이 터져 나왔다. 숨을 쉴 수가 없었기 때문이다.

적연은 그런 모습을 팔짱을 낀 채 내려다보며 말문을 열었다.

"수룡왕 어딨나?"

"너, 넌 대체……."

"대답해라."

콰직!

"아악!"

다시 한 번 사내가 찢어지는 비명을 질렀다. 적연의 발이 사내의 손을 짓밟았기 때문이다.

까득! 까드득!

적연이 발을 비빌 적마다 밑에 깔려 있는 사내의 손이 기이한 소리를 냈다.

"다시는 못 쓰도록 만들어줄까?"

적연의 입가에 걸린 미소가 짙어졌다.

"시, 실수하는 거야……."

"음?"

고통에 잠긴 목소리였지만 꺾이지는 않았다.

"그만 하지?"

그 직후 들린 살기 어린 목소리. 적연은 가볍게 고개를 돌렸다. 그곳에는 푸짐한 덩치를 자랑하는 사내가 서 있었다.

한 손에는 주방에서 사용하는 커다란 칼을 쥔 채 흰 모자를 쓰고 있었다.

"넌 뭐지?"

"여기 주방장."

"호오……!"

"싸우려면 내 가게에서 나가서 싸워."

"단지 한 가지 알아볼 것이 있을 뿐, 나가는 것은 그 후다."

"뭐지?"

"수룡왕 어딨나?"

촤촤촹!

적연의 말이 끝남과 동시에 객점 안의 모든 이들이 검을 뽑아 들었다.

"엄마야!"

제갈여진이 화들짝 놀라며 적연에게 달려와 등 뒤로 숨었다. 그것은 해월령 역시 마찬가지였다.

"배짱도 좋은 놈이군. 여기가 어디라고 생각하나?"

"……?"

"진강이다. 버림받은 자들의 마을… 수적들의 마을이라고
도 하지."

순간 적연이 고개를 돌렸다. 위연을 찾기 위함이었다. 하지
만 그는 없었다. 틈을 보아 도망친 것이다.

"이런."

적연은 인상을 찡그렸다. 위연이란 녀석은 처음부터 이것을
노렸다. 끌어들일 심산이었던 것이다.

"큭큭큭. 너희들, 큰일 난 거야."

주방장은 혀로 자신이 들고 있던 주방 칼날을 슥 핥았다. 적
연은 그 모습을 바라보다가 말문을 열었다.

"피 난다."

"음?"

주방장은 눈을 끔벅이며 손가락으로 자신의 혀를 만져 보았
다. 피가 묻어 나왔다.

"쓰읍!"

놀란 음성과 함께 주방장이 자신의 혀를 입 안에 넣었다. 적
연은 황당하다는 표정을 지으며 혀를 끌끌 찼다.

사내는 입을 가린 채 살기를 뿜어내며 외쳤다.

"쳐라!"

"우와아!"

말이 끝남과 동시에 사방에서 사람들이 달려들기 시작했다.

검을 들고 있는 이부터 시작해서 창, 술병, 접시, 젓가락, 만
두.

"만두?"

하여튼 손에 짚이는 것은 무엇이든 간에 상관없었다.

"꺄아악!"

방금 전까지 사내들에게 웃음을 팔던 여인들이 찢어질 듯한 비명을 질렀다. 그 순간 임지령이 눈을 번뜩이며 검을 뽑아 수평으로 그었다.

사가각!

한 번의 검광이 번뜩인 후 창을 들고 달려들던 사내가 걸음을 멈췄다.

텅! 하는 소리와 함께 창이 두 동강 나 바닥에 떨어졌다.

임지령은 검을 비껴 세우며 눈을 부라렸다.

"죽으려면 와."

"와아아!"

사내들이 분노에 찬 소리를 내질렀다. 임지령은 뒤로 한 걸음 물러서며 머리를 긁적였다.

"아니면 말고."

"으이그, 바보!"

해월령이 임지령의 앞을 지나치며 힘차게 검을 뽑았다. 하지만 너무 힘찼던 탓일까.

쑥!

해월령의 손에서 빠져나간 검, 정확히 말하자면 검신이 우아한 궤적을 그리며 허공을 수놓았다.

탕!

그리고 검신이 멀거니 서 있는 쥐뿌리사내의 발치에 꽂혔
다.

파르르!

검신이 부르르 떨렸다.

부르르.

그에 따라 쥐뿌리사내 역시 몸을 한차례 부르르 떨었다.

쥐뿌리사내는 침을 꼴깍 삼킨 뒤 고개를 들었다. 어느새 표
정에서 분노에 찬 진득한 살기가 묻어 나오고 있었다.

그의 시선을 받고 있던 해월령은 자신의 손을 물끄러미 바
라보았다. 분명 검자루가 쥐어져 있었다.

문제는 검자루뿐이었지만.

"…아."

황당한 음성이 튀어나왔다. 검신이 뽑혀져 나가다니!

"…파천검이?"

해월가에서 가져온 검이었다.

삼백 년이나 되었으며 이름 또한 하늘을 파괴한다는 멋들어
진 뜻을 가진 검.

"……."

해월령은 슬며시 검자루를 들어 바라보았다. 부식되어 있
다. 이러니 검신이 빠진 것일 테지.

뒤에서 그 모습을 바라보던 적연이 허탈한 표정으로 중얼거
렸다.

"가지가지 하는군."

번뜩.

그에 비례해 네 사람을 둘러싸고 있던 수적들의 눈이 번뜩였다.

"켈켈켈!"

그들의 중앙에 서 있던 주방장 차림의 수적이 듣기에도 거북한 웃음소리를 흘렸다.

"아직 피 안 멈췄다."

"쓰읍!"

하지만 그마저도 적연의 말에 침묵.

"하아."

적연은 시름 어린 한숨을 내쉬며 해월령과 나머지 두 명을 바라보았다.

"방해 말고 뒤로 물러서 있으시오."

"예……."

"알겠소."

"죄송해요."

해월령과 임지령, 그리고 제갈여진은 군말없이 뒤로 물러섰다.

적연은 어깨를 으쓱하며 앞으로 한 걸음 나섰다.

"덤벼."

"우와아!"

사방에서 수적들이 달려들었다. 금세라도 적연을 죽일 듯한 기세다.

"흐읍!"

불끈불끈!

순식간에 검을 쥔 적연의 팔뚝에 근육이 부풀어 오르며 미세한 혈관들이 울퉁불퉁 솟구쳤다.

빠직! 빠직!

발을 내딛고 있던 돌로 된 바닥이 미세한 균열음을 내기 시작했다. 그 순간이었다. 적연의 눈이 한순간 더 이상 커질 수 없을 만큼 부릅떠졌다.

"카앗!"

한줄기 외침과 함께 적연의 검이 한줄기 섬광이 되었다.

푸아악!

그와 동시에 적연의 눈앞이 온통 붉게 변했다.

지여선은 공중에 매달려 있는 미친개를 바라보며 물었다.

"누가 보냈나?"

"길을 잃었는데요."

지여선의 눈살이 찌푸려졌다.

짜악!

미친개가 몸을 한차례 들썩였다. 뒤에 서 있던 사내가 채찍으로 미친개의 등짝을 후려친 탓이었다.

"크읍……!"

굳게 닫힌 입 안에서 억누른 신음성이 비집고 나왔다.

"누가 보냈나?"

지여선은 팔짱을 낀 채 미친개를 올려다보며 다시금 물었다. 미친개는 억지로 미소를 지었다.

"길을 잃었을 뿐이라고요."

어느 면에서는 틀린 소리가 아니었다. 하지만 지여선의 입장에서는 그렇게 받아들여지지 않았다.

"아직 때가 아니군."

지여선은 비릿한 미소를 지으며 채찍을 들고 있는 사내에게 시선을 주었다.

짜악! 짜악!

"거짓말 아니란 말… 아악! 아악!"

석실 안을 울리는 채찍 소리와 비명 소리를 들으며 지여선은 의자에 다리를 꼬고 앉았다.

그렇게 얼마간의 시간이 지났을 무렵이다.

"그만."

채찍질이 멈췄다. 지여선은 몸을 일으켜 미친개에게 다가왔다.

"이제 말할 생각이 들었어?"

"아니, 전혀."

"근성이 있네? 마음에 들어."

"난 네 얼굴이 마음에 안 들어. 마귀 같아."

빠직.

지여선의 눈썹이 한차례 크게 요동쳤다.

"숨만 붙여놔."

짝!

날카로운 한마디와 함께 뒤에서 대기하고 있던 사내가 채찍을 쫙 폈다.

'형님.'

미친개가 입술을 으드득 깨물었다.

똑똑.

때에 맞춰 석실 문 바깥에서 두들기는 소리가 들려왔다.

"들어와."

그그긍!

둔탁한 소리와 함께 문이 열리며 한 여인이 모습을 드러냈다. 바로 수룡왕이었다.

"수룡왕을 뵙습니다!"

채찍을 든 사내가 공손하게 예의를 취하며 외쳤다. 미친개의 눈이 크게 떠졌다.

'수룡왕인가?'

바로 그녀가 이번의 목표였다.

'생각보다…….'

궁귀 조형에 비견될 정도의 고수라고는 하지만 생각보다 나이가 어리다. 겨우 마흔이 넘어 보이는 외모에 기세 또한 평범하다.

미친개는 내심 고개를 내저었다. 겉모습만으로 판단할 수는 없다.

지여선은 눈을 동그랗게 뜨며 물었다.

"웬일이세요?"

"첩자를 잡았다는 이야기를 들었다."

수룡왕 허난경은 석실에 매달려 있는 미친개를 발견하고는 그쪽으로 다가왔다.

"당신인가?"

"계속 말했지만 난 길을 잃은 사람이외다."

허난경은 희미한 미소를 지었다.

"길을 잃은 사람치고는 상당한 수준에 이른 자인걸?"

'예리하기는.'

머릿속으로는 온갖 욕설을 내뱉고 있었지만 결코 표정에는 드러내지 않았다.

"진짜요."

"진실된 표정도 지을 줄 알고."

뚜벅뚜벅.

허난경은 느린 걸음으로 미친개의 주위를 한 바퀴 돌았다.

"괜찮은 자군. 그래, 알아낸 것은?"

지여선은 고개를 내저었다.

"아직은요."

"얼굴에 화장 찍어 바를 시간은 있지?"

"쳇."

지여선은 입술을 삐죽 내밀었다.

"시간을 조금 더 줘요."

"불 녀석이 아닌데?"

아직 눈빛이 살아 있었기 때문이다.

"흐음……."

옅은 한숨이 흘러나왔다. 허난경은 고개를 젓다가 미친개를 바라보며 물었다.

"하나만 이야기해 봐. 날 죽이러 온다는 녀석들… 셋?"

미친개의 입가에 짙은 미소가 머금어졌다.

"각오하는 게 좋을걸?"

"아! 그렇군."

허난경은 피식 웃으며 말을 이었다.

"걸려들었어. 그놈들 일행 맞네."

"음?"

미친개가 고개를 갸웃거리다가 눈을 동그랗게 떴다.

"아……."

황당한 어조가 흘러나왔다. 기초적인 유도 심문에 넘어간 것이다.

"봤지? 심문을 하려면 이렇게 해."

허난경은 지여선을 바라보며 한쪽 눈을 찡긋거렸다.

*　　　　*　　　　*

퍽!

"크억!"

짧은 비명 소리와 함께 마지막 수적 한 명이 바닥에 무릎을 꿇었다.

"우웩!"

역한 소리와 함께 수적이 속 안의 것을 게워냈다.

"으으……."

그 모습을 바라보던 해월령은 눈살을 찌푸렸다.

그녀의 등에 얼굴을 묻고 벌벌 떨던 제갈여진이 고개를 들었다. 예상대로의 광경에 안도의 한숨을 내쉬었다.

"이, 이게……."

임지령의 경우는 조금 달랐다. 실전 경험이 일천해서인지 놀란 표정이었다.

"후우."

적연은 가볍게 한숨을 내쉬며 좌중을 훑어봤다.

"으으으……."

객점 안은 신음성으로 가득 차 있었고, 식탁을 비롯한 모든 것들은 그 형체를 알아볼 수 없을 만큼 부서진 상태였다.

끼익! 끼익!

일층과 이층을 연결하는 계단이 삐그덕 소리를 내며 위태롭게 매달려 있었다. 언제 무너져도 이상하지 않을 상태였다.

콰직!

그것도 이내 바닥에 무너져 내리며 먼지를 피워냈다.

뚜벅뚜벅!

적연은 천천히 바닥에 쓰러져 있는 수적에게 걸어가 발끝으로 툭 찔렀다.

"이봐."

"히이익!"

방금 전에 당한 탓일까.

수적이 자지러지는 비명성을 토해내며 몸을 일으켰다. 적연은 손을 뻗어 수적의 뒷덜미를 잡아챘다.

"말하고 싶은 생각이 불끈불끈 솟지?"

"예, 예!"

또 당할까 수적은 세차게 고개를 끄덕였다. 적연은 희미한 미소를 지으며 얼굴을 가져갔다.

"말해."

"야, 양주……."

"양주?"

"예, 예!"

적연은 미소를 지으며 수적의 볼을 한차례 툭 쳤다.

"거짓은 아니겠지?"

스릉!

손에 들려 있던 검날이 남자의 중요한 부위를 쿡 찔렀다. 수적이 발악적으로 외쳤다.

"진짭니다! 정말이에요!"

"믿지."

적연은 고개를 끄덕이며 몸을 일으켰다.

"양주로 갑시다."

"예."

해월령은 고개를 끄덕이며 몸을 일으키다가 아직까지 얼이 빠져 있는 임지령을 바라보며 말했다.

"뭐 해요?"

"에? 아! 알겠소."

임지령은 황급히 고개를 끄덕이며 걸음을 옮겼다.

앞서 걷던 적연이 발걸음을 멈췄다. 해월령은 의아한 표정으로 앞을 빼꼼히 바라보다가 질린 표정을 지었다.

식당 앞에 백여 명의 수적이 눈을 번뜩이며 서 있었기 때문이다.

"휘이!"

적연은 휘파람을 불며 어깨를 으쓱했다.

"어떻게 해요?"

해월령이 약간은 걱정스러운 표정으로 물어왔다. 적연의 눈이 살기를 띠었다.

"다 죽이면 그만이지."

"아, 안 돼요!"

"왜지?"

적연이 고개를 갸웃거렸다. 해월령이 세차게 고개를 저었다.

"더 이상 죽여서 뭘 어쩌겠다는 거예요!"

적연은 이해가 되지 않는다는 표정을 지었다. 앞을 막아서는 자들이다. 베어버리는 것이 당연하지 않은가.

"웃기는 소리."

"안 돼요. 더 이상은 안 된단 말이에요."

"흥!"

적연은 콧방귀를 뀌며 앞으로 나서려 했다. 해월령은 재빨리 적연의 옷소매를 잡아끌었다.

"제발요."

적연은 물끄러미 해월령을 바라보다가 한숨을 내쉬었다.

"어쩔 수 없지."

해월령의 안색이 환해졌다.

적연은 좌중을 살피며 눈을 번뜩이는 한편 품속을 뒤적였다.

"이거 보이나?"

적연은 빙그레 미소를 지으며 오른손을 들었다.

어린아이 주먹만 한 원형의 구슬이 들려 있었다.

"터지면 반경 십 장은……."

쥐고 있던 왼손을 활짝 펼치며 외쳤다.

"쾅!"

움찔!

순간 수적들이 주춤거리며 뒤로 두 걸음을 물러섰다. 적연은 의미심장한 미소를 지었다.

뚜벅!

사사삭!

뚜벅!

사사삭!

한 걸음 내디딜 적마다 뒤로 물러서는 꼴이 재밌다.

적연 일행은 다 허물어져 가는 성벽을 지나쳤다.

수적들의 신경은 온통 적연의 손에 들려 있는 폭약에 집중된 상태였다. 자칫하다가는 죽을 수 있다는 말 때문인지 섣불리 움직이지는 않았다.

어느새 해월령 일행은 수적들의 손길이 닿지 않는 뒤쪽으로 피한 상태였고, 적연은 홀로 그들을 막아서고 있었다.

'이만하면 안전하겠군.'

적연은 피식 웃었다.

그 순간 폭약이 적연의 손에서 떠나 수적들 무리 쪽으로 날아갔다.

"피, 피해!"

갑작스런 상황에 혼비백산한 수적들이 사방으로 흩어지기 시작했다. 그 와중에 걸려 넘어지는 자들도 부지기수였다.

툭! 데구루루.

폭약이 바닥에 떨어졌고, 수적들은 눈을 질끈 감았다.

하지만 터지지 않았다.

한 수적이 눈을 빼꼼히 뜨며 폭약을 바라보다가 눈을 동그랗게 떴다. 폭약은 터지지 않고 있었다. 그리고 가장 중요한 것은 심지가 달려 있지 않다는 사실이었다.

"어?"

수적은 폭약을 들며 몸을 일으켰다.

어느새 적연 일행은 보이지 않았다. 이미 도망친 것이다.

휘이잉!

바람이 불어왔다.

"소, 속았다……."

부리나케 달리던 해월령은 뒤따라오는 적연을 바라보며 웃어버렸다.

"당신 힘만 센 줄 알았더니 얍삽하기까지 하네요?"

적연은 눈살을 찡그렸다.

"재치가 넘친다고 말해주시오."

해월령은 미소를 지으며 말했다.

"내가 이래서 당신을 좋아한다니까요?"

적연은 발걸음에 더욱 속도를 붙이며 고개를 한편으로 돌렸다.

"불량품이었군."

적연의 중얼거림을 해월령은 듣지 못했다.

해월령은 눈살을 찌푸렸다.

"좀 많네."

아닌 게 아니라 엄청난 규모의 수채였다.

"끄응……."

임지령은 침음성을 내뱉었다.

어두운 밤이었지만 수룡왕의 수채는 환한 대낮처럼 밝았다. 곳곳에는 병장기를 꼬나 쥔 수적들이 눈을 번뜩이며 경계 태세를 취하고 있었다.

"우리… 조금 더 진지하게 의견을 나눠볼 필요가 있다고 생각하는데."

해월령이 잔뜩 굳은 표정으로 말했다.

"이미 여기까지 와버리지 않았소."

적연은 혀를 끌끌 찼다. 해월령은 볼을 살짝 부풀렸다.

"하지만 저 규모를 봐요."

"흐음……."

그 점에 있어서는 적연도 꿀 먹은 벙어리가 될 수밖에 없었다. 보다 못한 임지령이 잔뜩 목소리를 낮춘 채 물어왔다.

"무슨 좋은 생각이라도 있소?"

"그, 글쎄요."

해월령은 머리를 긁적였다. 그때 제갈여진이 앞으로 한 걸음 나섰다.

"한 가지 생각이 있는데."

"나 역시."

적연 역시 고개를 끄덕이며 제갈여진을 바라보았다.

"당신이 먼저 이야기하시오."

제갈여진이 고개를 끄덕이며 말문을 열었다.

"불을 놓는 게 어떨까요? 그럼 자연스럽게 시선이 분산되지 않겠어요?"

해월령과 임지령의 시선이 제갈여진에게 모아졌다. 그리고 적연의 입가에 미소가 머금어졌다. 같은 생각을 하고 있었기 때문이다.

"그, 그렇게 보시면 부끄러워요."

제갈여진은 얼굴을 붉히며 양 볼을 손으로 감싸 쥐었다. 그 모습을 바라보던 해월령이 대뜸 환한 미소를 지으며 제갈여진의 두 손을 붙잡았다.

"역시 지묘로 이름이 높은 제갈세가."

"아, 아니… 이건 기초적인 건데."

확실히 누구나 조금만 생각하면 생각해 낼 수 있는 방법이기는 하다. 문제는 제갈여진과 적연을 제외한 두 명은 생각을 하지 못했다는 점이다.

"그렇다면 당장."

"잠깐만."

해월령은 득의만만한 미소를 지으며 몸을 일으키다가 제갈여진의 말에 다시금 자리에 앉았다.

"무작정 불을 놓는다고 해결되는 게 아니야. 풍향이나 기후도 생각해야지. 그리고 빠른 시간 내에 불을 붙이려면 기름도 필요해."

"복잡하구나."

자신은 모르는 영역이었는지라 해월령은 머리를 긁적이며 바보 같은 미소를 지었다.

"그게 끝이 아니에요. 불을 어디에 놓아야 하는지, 수룡왕의 위치는 어디인지 등… 쉽지 않은 작업이지요. 하지만 효과는 확실해요. 해볼 만하지요."

적연은 가볍게 고개를 끄덕였다.

"잠입을 해야 하오."

수채 안의 구조를 정확히 파악해야 한다. 탈출로부터 정박된 선박의 위치까지 모두 말이다.

"어찌하겠소?"

적연의 물음에 해월령과 임지령이 고개를 끄덕였다. 지금으로서는 이 방법 이외에는 별다른 뾰족한 수가 없었다.

"잠입은 나에게 맡겨주시오."

"에? 그럼 우리들은?"

해월령이 눈을 동그랗게 뜨며 물었다. 적연은 짐짓 인상을 찡그렸다.

"괜히 번잡스러울 필요는 없소. 위험 요소는 최소화합시다."

단호한 말투에 해월령은 눈만 끔벅일 뿐이었다.

"음?"

뒷짐을 진 채 초소를 돌아다니던 십부장은 눈을 동그랗게 떴다.

초소 밑에 쪼그린 채 고개를 푹 떨구고 있는 자를 발견했기 때문이다.

"또군."

가끔씩 술을 처마시고 숙소가 아닌 이런 곳에서 잠든 녀석들이 있다. 십부장은 혀를 끌끌 차며 녀석에게 다가가 발로 몸을 툭툭 찼다.

"야, 일어나."

반응이 없다.

"어이, 네 처소로 돌아가서……."

픽!

털썩.

십부장은 채 말을 잇지 못한 채 바닥에 널브러졌다.

스윽.

그와 동시에 떨궈져 있던 고개가 들려졌다.

적연이었다.

"흐음."

적연은 턱가를 한번 매만진 뒤 정신을 잃은 십부장을 끌고 숲 속으로 들어갔다.

"다행이군."

십부장의 복장으로 갈아입은 적연은 옷매무새를 매만지며 고개를 끄덕였다. 옷이 맞았기 때문이다.

적연은 십부장의 복장으로 갈아입고 유유히 수채 안으로 걸어 들어갔다.

第十章

각성

龍
劍風

'상당하군.'

수채 안으로 들어가 처음으로 느낀 감정은 감탄이었다. 그 정도로 수채의 규모는 컸다. 그뿐만이 아니었다.

목조 건물들이 빼곡이 들어서 있었고, 창을 쥔 수적들은 요소요소에 딱 맞게 배치되었다.

선박이 정박되어 있는 곳은 더욱 경계가 삼엄했다.

"흐음."

옅은 침음성이 흘러나왔다.

쉽지는 않을 것이지만 불가능하지는 않다. 중요한 것은 불을 놓는다는 것이기 때문이다.

결론은 나왔다.

'그럼 이제 뭐가 남았지?'

수룡왕의 거처를 파악하는 것이다. 최단거리로 달려들어야 하기 때문이다.

적연이 터덜터덜 걸음을 옮길 무렵이었다.

"어이, 이봐."

갑작스레 들려온 한줄기 목소리. 괄괄하기는 하지만 가는 음성으로 보아 여자다.

적연은 아무런 감정을 드러내지 않은 얼굴로 몸을 돌렸다. 이십대 초반으로 보이는 여인이 서 있었다.

입고 있는 옷으로 보아하니 높은 신분으로 보였다.

'수룡왕일까?'

아닐 가능성이 크다. 분명 해월령에게 수룡왕이 여자임을 들었지만 이토록 어릴 거라고는 생각할 수 없었다.

"무슨 일이십니까?"

적연은 짐짓 예를 취하며 물었다. 여인은 팔짱을 끼며 거만한 어조로 명을 내렸다.

"내 방에 불이 나갔어. 가서 기름 좀 얻어와."

"예."

적연은 예를 취한 뒤 돌아서서 걸음을 걸었다.

"잠깐만."

"예?"

"유류고는 저쪽인데?"

"아, 예."

적연은 황급히 걸음을 옮겼다. 여인은 잠시 고개를 갸웃거리다 그러려니 하는 표정으로 걸어갔다.

'후우.'

적연은 내심 한숨을 내쉬었다. 십년감수했다.

'소득이 있었군.'

적연은 고개를 들어 저 멀리 보이는 커다란 창고 쪽으로 시선을 돌렸다. 기름을 저장해 놓는 유류고일 것이다.

"누구요?"

유류고를 지키고 있던 초병은 적연을 발견하자 창을 들이밀며 물어왔다. 하지만 이내 차려 자세를 취했다. 적연이 입고 있는 십부장의 옷 때문이었다.

"무슨 일이십니까?"

"등에 넣을 기름을 좀 얻으러 왔다."

"예? 하지만 규정상 지금 시간에는……."

초병이 난색을 표한다.

'그 여자, 뭐지?'

분명 평범한 신분은 아닐 것이다.

'어쩔 수 없지.'

적연은 대충 얼버무리기로 했다.

"아가씨의 명령이시다."

"아, 그러시군요. 잠시만 기다려 주십시오."

다행히 초병은 유류고의 문을 열고 안으로 들어갔다. 잠시 후 기름을 채운 호리병 한 병을 내왔다.

"여기 있습니다."

"고맙네."

"어쩌다가 십부장께서 이런 심부름을 하시는 겁니까?"

"운이 좋지 않았지."

"하하, 그러시군요."

초병은 피식 웃더니 호리병을 건네주었다. 적연은 한차례 손을 흔들어준 뒤 처음의 그 자리로 돌아왔다.

'어디 보자.'

유난히 규모가 큰 처소가 보였다. 적연에게 명을 내렸던 여인 역시 그 앞에 서 있었고.

"어? 왔니?"

여인이 적연을 발견하곤 눈을 동그랗게 떴다. 적연은 예를 취하며 호리병을 들었다.

"여기 있습니다."

여인은 받지 않았다. 적연이 살짝 고개를 들었다.

"나보고 직접 넣으라고?"

"아닙니다."

적연은 몸을 일으켜 어두운 처소 안으로 들어가 등 안에 기름을 채워 넣고 불을 붙였다.

처소 안이 불빛으로 환해졌다. 팔짱을 낀 여인이 만족스러운 미소를 지으며 말문을 열었다.

"이제야 환해졌네."

적연은 여인을 바라보며 다시금 예를 취했다.

"이만 나가보겠습니다."

막 처소를 나가려던 찰나 여인이 적연을 불러 세웠다.

"잠깐만."

"무슨 일이십니까?"

여인은 고개를 갸웃거리며 의심 어린 눈동자로 적연을 바라보고 있었다.

"처음 보는 얼굴인데?"

"그럴 리가요?"

여인은 고개를 내저었다.

"십부장 급이라면 내가 다 아는데? 넌 처음 보는 얼굴이야."

적연이 입술을 굳게 다물었다. 여인이 표정을 굳혔다.

"넌 누구냐?"

"글쎄."

적연이 히죽 미소를 지어 보였다.

스윽.

차가운 금속성의 느낌이 목에 닿았다. 어느새 여인이 검을 빼 들었다. 적연은 입가에 미소를 머금으며 말했다.

"넌 누구지?"

"지여선."

"난 적연."

"…배짱 한번 좋은 놈일세?"

적연은 가볍게 어깨를 으쓱했다. 지여선이 위압적인 목소리로 외쳤다.

"움직이지 마!"

"성질 급하군."

"흥!"

"수룡왕은 어딨나?"

"입 닥쳐! 주둥아리 함부로 놀려봐! 목을 날려줄 테니까!"

지여선은 눈을 부라리며 말을 이었다.

"누가 시킨 거지?"

"⋯⋯."

"말 안 해?"

"입 닥치라며?"

지여선이 황당하다는 표정을 지었다.

"뭐 이런 놈이⋯⋯?"

흥!

순간 적연이 지여선의 시야에서 사라졌다.

스윽.

어느새 적연은 지여선의 등 뒤로 돌아와 목덜미를 잡아채고
는 미소를 짓고 있었다.

"이제 어쩔 텐가?"

"크윽."

지여선의 눈가가 부르르 떨렸다. 느끼지도 못했을 정도이
다. 이렇듯 허무하게 제압당할 줄은 꿈에도 상상하지 못했다.

적연은 지여선을 바라보다가 미소를 지었다.

해월령은 고개를 갸웃거리며 적연을 바라보았다. 정확히 말하자면 그의 옆에 딸려온 여인이었다.

"누구예요?"

"나도 모르오."

"그런 소리가 어디 있어요?"

적연은 어깨를 으쓱하며 지여선이 입고 있는 옷을 가리켰다.

"옷을 보시오."

여인의 옷차림을 들여다보던 해월령은 알았다는 표정으로 고개를 끄덕였다. 척 보기에도 고급스러워 보이는 것이 꽤나 신분이 높은 것처럼 보였다.

"심문은 알아서 하도록 하고."

적연은 지여선의 입을 막고 있던 천을 끌렀다. 그와 동시에 날이 선 목소리가 튀어나왔다.

"놔라!"

"그건 곤란한데?"

해월령은 턱가를 매만지며 음흉한 미소를 짓다가 적연에게 시선을 돌렸다.

"좀 알아봤어요?"

"대강은."

"잘했어요. 당신은 정말 구세주라니까."

적연은 어깨를 으쓱하며 유류고의 위치부터 수채의 전반적인 것 등 자신이 알아온 사실을 말했다.

듣고 있던 제갈여진이 고개를 끄덕였다.

"유류고의 위치를 알아오신 것은 잘하셨어요. 하지만 문제는 경비가 워낙 삼엄하다는 데 있네요."

적연은 심각한 표정으로 고개를 끄덕였다. 제갈여진은 지여선을 바라보며 미소를 지었다.

"그런 상황에서 이 여자는 여러모로 쓰임새가 있겠네요."

제갈여진은 지여선의 주위를 한 바퀴 슥 돌며 말을 이었다.

"일부이기는 하겠지만 시선을 이쪽으로 돌리는 것도 가능하잖아요."

확실히 차기 제갈세가주답다.

적연 역시 그것을 생각해서 데려온 것이니까.

"보통 살수들은 아니군."

지여선이 표정을 굳혔다.

잠입 후 암살이라는 살수들의 보편적인 방법을 쓰는 것이 아니다. 머리를 굴리고 계략을 짠다. 네 명이 한 조를 이루는 것도 이채롭다.

해월령은 고개를 갸웃거리며 되물었다.

"우리가 살수처럼 보이나?"

"아닌가?"

적연은 지여선에게 다가와 쪼그리고 앉았다.

"하기는 그렇게 보일 수도 있겠군."

원래 임무를 받은 것이 수룡왕 암살이었으니 살수가 맞기는 하다.

"하나 묻지."

적연의 물음에 지여선이 한마디로 쏘아붙였다.

"묻지 마."

"……."

왠지 머쓱해졌다.

지여선이 짙은 미소를 지었다.

"한 가지 내가 예언할까? 너희들은 다 죽을 거야."

적연 역시 미소로 화답했다.

"재미있군. 수룡왕이란 작자, 그 정도로 센가?"

"내 얕은 기준으로 감히 상상하지 못할 정도야. 어때? 무섭지?"

"나라는 사내는 두려움이란 단어를 모르지."

지여선은 인상을 찡그렸다.

"광오하군."

"그럴 만한 자격이 있어."

적연은 히죽 웃으며 어깨를 으쓱했다.

지여선은 눈을 동그랗게 떴다. 중원무림을 통틀어 수룡왕을 앞에 두고 이토록 자신만만한 말을 내뱉는 사람은 손으로 꼽을 정도로 극소수다.

'뭐가 저토록 자신만만한 걸까?'

왠지 마음이 복잡해졌다.

불안감?

지여선은 말도 안 된다는 표정으로 세차게 고개를 내저었다.

                    *   *   *

　"뭐?"

　벌떡!

　허난경은 의자를 박차며 몸을 일으켰다.

　보고를 올린 백부장은 격한 반응을 보이는 수룡왕의 반응에
식은땀을 흘렸다.

　"선이가 사라지다니."

　"아무리 밖에서 불러도 대답이 없으시기에 들어가 보았는
데… 안 계셨습니다. 그리고 이런 쪽지가……."

　데려간다.

                                    정체 모를 납치범이.

　와작!

　허난경은 서신을 구겼다.

　내용의 황당함을 생각할 여유가 없었다. 납치범이란 단어가
중요하다.

　"도대체 어떤 놈이?!"

　허난경은 동요한 목소리로 외치며 백부장을 노려보았다.

　"찾아라! 무슨 짓을 해서라도 찾아!"

　"예, 예!"

백부장은 황급히 외치며 달려나갔다.

털썩.

허난경은 의자에 털썩 주저앉으며 이마를 손으로 짚었다.

"선아……."

불안한 목소리였다.

그야말로 수채는 한순간 발칵 뒤집히고 말았다.

"역시 효과가 제대로군."

적연이 몸을 일으켰다.

"다녀왔어요?"

해월령의 물음에 적연이 고개를 끄덕이며 말문을 열었다.

"예상대로 움직이기 시작했소."

제갈여진은 미소를 지으며 손수건을 손에 쥐고 위로 올렸다.

"운이 좋았어요."

펄럭!

손수건이 동쪽으로 휘날렸다.

"때마침 풍향이 바뀌었거든요."

"그렇군."

적연은 피식 웃었다.

"어제 이야기한 대로 움직이는 거예요. 때마침 풍향도 일정하고. 날씨가 조금 습한 것이 마음에 걸리지만 어쩔 수 없죠."

임지령과 해월령은 고개를 끄덕였다.

해월령은 적연을 바라보는 순간 표정이 굳었다.

"기대감에 가득 찬 얼굴이네요?"

"그런 것 같소?"

"예."

적연은 어깨를 으쓱하며 몸을 일으켰다.

"조, 조심하세요."

피식.

적연은 미소를 지으며 몸을 날렸다.

"이따가 봐."

"몸조심하시오."

해월령과 임지령이 뒤이어 제갈여진을 바라본 후 적연의 뒤를 따랐다. 온몸이 결박된 상태인 지여선이 그 모습을 바라보며 눈살을 찌푸렸다.

"이봐."

"예?"

"적연이라고 했던가? 그 남자, 강해?"

제갈여진은 고개를 끄덕였다.

"강해요. 정말로."

"…그런가?"

나지막이 중얼거리던 지여선은 다시금 고개를 내저으며 짐짓 호기로운 목소리로 외쳤다.

"그래 봤자 죽어!"

"글쎄요?"

제갈여진의 어조는 걱정을 담고 있었지만 한편으로는 강한 믿음 또한 내포하고 있었다.

'뭐야?'

지여선의 얼굴이 일그러졌다.

임지령과 해월령은 미리 준비해 놓은 수적들의 옷으로 갈아입고 수채 안으로 들어갔다.

둘이 맡은 일은 유류고를 터는 것이었다. 그 후에는 각자 흩어져 해월령은 수채 내부, 그리고 임지령은 배에다가 불을 지핀다.

두근두근.

갑자기 심장이 요동치기 시작했다.

얼굴에 와 닿는 바람이 왠지 싸늘하다. 왠지 모를 불안감이 몸을 감쌌다.

그것은 너무도 갑자기, 그리고 노골적으로 찾아왔다.

'사신.'

그간 해월령과 함께한 모든 동료들은 죽었다.

해월령은 세차게 고개를 내저었다.

"왜 그러시오?"

문득 옆에서 걷던 임지령이 물어왔다. 딱딱하게 굳어 있는 해월령의 얼굴은 본 것이다.

'이럴 때가 아니야.'

해월령은 마음을 다잡고 임지령을 향해 미소를 지어주었다.

"몸조심, 잊지 마요."

"당신이야말로."

임지령은 미소를 지으며 발걸음에 속도를 붙였다.

해월령은 그와 속도를 맞추다가 힐끗 뒤를 돌아보았다. 적연이 간 방향이었다.

'믿어요.'

왠지 한결 마음이 편해졌다.

"저곳이군."

그렇게 얼마나 달렸을까.

옆에서 달리던 임지령의 말에 해월령이 상념을 멈췄다.

"유류고?"

"그렇소이다."

임지령이 고개를 끄덕였다.

'긴장하고 있어.'

수채에 잠입했을 무렵부터 임지령의 얼굴은 딱딱하게 굳은 상태였다. 아무래도 안 되겠다 싶었는지 해월령이 앞으로 나섰다.

"내가 앞장서지요."

"아, 알겠소."

임지령은 떨떠름한 표정으로 해월령의 뒤를 따랐다.

탁탁탁!

해월령은 힘차게 내달리며 허리띠를 끌렀다.

휘리릭!

공기를 가르는 파공성과 함께 번뜩이는 은색의 혁대가 끝도 없이 풀어지며 허공을 수놓기 시작했다.

연검이었다.

"엇?"

유류고를 지키던 사내가 눈을 찡그렸다. 연검이 번뜩이며 시야를 방해했기 때문이다.

해월령은 검집을 쥐고 있던 손을 좌우로 챘다.

피빙!

연검이 기묘하게 움직이며 사내의 몸을 감쌌다. 그와 동시에 해월령이 손을 뒤로 잡아챘다.

파악!

털썩.

얼굴이 사라진 사내의 몸이 무너졌다.

데구루루, 툭.

해월령의 발치에 닿아서야 구르는 것을 멈춘 사내의 얼굴은 연검을 보았을 때 그대로의 표정을 유지하고 있었다.

아마 죽을 때까지도 자신이 무슨 상황에 처했는지 몰랐으리라.

"후우."

해월령은 눈살을 찌푸리며 한숨을 내쉬고는 고개를 돌렸다.

"괜찮아요?"

대답에는 고개를 끄덕였지만 척 보기에도 가히 좋아 보이지 않았다. 그 모습을 바라보던 해월령이 입술을 살짝 깨물었다.

"정신 차려요."

"아……."

딱딱하게 굳어 있던 얼굴 표정이 조금씩이지만 돌아왔다. 해월령은 거칠게 임지령의 손을 부여잡으며 유류고로 이끌었다.

덜컹!

문을 박차고 들어선 해월령과 임지령은 코를 찌르는 기름 냄새에 눈가를 찡그렸다.

"으윽……."

하지만 이러고 있을 때가 아니다.

"어이, 이봐!"

그때 둘의 등 뒤에서 들려온 외침. 임지령이 반사적으로 몸을 돌리며 검을 휘둘렀다.

서걱! 하는 소리와 함께 놀란 눈으로 다가오던 사내가 목을 부여잡으며 바닥에 쓰러졌다.

울컥! 울컥!

감싸 쥔 손가락 사이로 피가 치솟고 사내는 바닥에 널브러져 몸을 버둥거렸다. 하지만 그것도 잠시, 조금씩 격렬하던 움직임이 잦아들었다.

딸그랑!

임지령의 손에 쥐어져 있던 검이 바닥에 떨어졌다.

"아아……."

동요하고 있었다.

"설마 당신… 처음으로 사람을……?"

"아아……."

'그렇군.'

설마 하니 첫 살인일지는 몰랐다. 그제야 저번 진강에서 보여준 모습을 이해할 수 있었다.

그 누구도 임지령의 실력에 대해서는 의문부호를 다는 사람은 없다. 기백 년의 역사를 자랑하는 검각의 소문주가 범상치 않은 재질을 가졌다는 소문은 진작부터 들어 알고 있었기 때문이다.

가장 중요한 것은 살인의 경험이다.

아무리 절정무공을 익힌 자라도 실전에서 쓸 줄 모르면 쓸모가 없는 것이니까.

"빌어먹을."

해월령은 입술을 꽉 깨물며 임지령에게 다가서며 손바닥을 폈다.

철썩!

임지령의 고개가 홱 돌아갔다.

"아?"

임지령은 멍한 표정으로 눈을 깜박였다.

"죽고 싶어요?"

"에?"

임지령이 발갛게 부어오른 뺨을 부여잡으며 해월령을 바라보았다.

"정신 바짝 차려요. 죽고 싶지 않잖아요?"

"그, 그렇소."

임지령은 고개를 끄덕였다.

"차라리 잘되었어요. 원없이 죽여봐요."

잔혹할 수도 있는 말이지만 그녀의 말이 맞다.

"죽이지 않으면 당신이 죽어요. 알겠어요?"

지금은 남자로서나 명문가의 소가주로서의 자존심은 필요 없다. 현재 임지령에게 가장 절실한 것은 살아남는 것이다.

임지령의 얼굴에 생기가 돌아오자 해월령은 지체없이 기름이 든 호리병을 집어 들고 미리 준비해 놓은 혁낭 안에 쑤셔 넣었다.

"뭐 해요, 어서 챙기지 않고?"

"아, 알았소."

그제야 임지령도 쪼그리고 앉아 자신의 혁낭에 호리병을 넣기 시작했다.

"웃차."

호리병으로 가득 찬 혁낭을 짊어 멘 해월령이 임지령을 바라보았다.

"준비됐어요?"

끄덕.

임지령은 말없이 고개를 끄덕였다.

"이 다음부터는 어떻게 해야 하는지 알죠?"

"알고 있소."

"이제부터 당신과 나는 찢어져요. 당신 혼자라는 소리예요."

꿀꺽.

침을 삼키던 임지령이 양 손바닥으로 자신의 볼을 철썩 치며 정신을 차리려 안간힘을 썼다.

"언제까지 피해 다닐 수 있을 것 같아요? 어차피 닥친 현실이면 검에 내맡겨 버려요."

"그러리다."

"나중에 봐요. 꼭이에요."

임지령은 해월령의 얼굴을 가만히 바라보았다.

복잡한 표정이었지만 확실히 방금 전과는 기세가 바뀌어져 있었다.

"알겠소."

"…아까는 미안했어요."

해월령은 짐짓 부드러운 미소를 지어주며 유류고를 나섰다. 임지령은 그녀의 뒷모습을 바라보고 있었다.

질끈.

임지령은 입술을 꽉 깨물며 앞으로 나섰다.

스슥.

해월령의 발걸음은 더없이 조심스러웠다. 수적들이 생활하는 주거촌은 다닥다닥 붙어 있었다.

'그나마 다행이기는 하지만…….'

해월령은 벽에 바싹 붙은 채 몸을 숨겼다.

수군수군.

대여섯 명의 수적이 지나치고 있었기 때문이다.

'십년감수했네.'

해월령은 가슴을 쓸어내리며 한숨을 내쉬고는 고양이걸음
으로 조심조심 걸음을 옮기다가 입술을 꽉 깨물었다.

'왜 이렇게 사람이 많아?'

지여선으로 인해 수색을 나갔다고는 하지만 남은 이들의 숫
자 역시 아직 상당한 수준이었다.

"들키기라도 하면 끝이야."

"넌 누구냐?"

"…빌어먹을."

해월령은 눈을 감으며 한숨을 내쉬었다. 말이 씨가 된다는
것은 이럴 때 써야 한다.

"…여자?"

더벅머리를 한 수적이 누런 이를 드러내며 고개를 갸웃거리
다가 코를 벌렁거렸다.

"이게 뭐야? 기름 냄새?"

"칫!"

해월령이 순간적으로 비도를 던졌고, 수적의 이마 정중앙에
틀어박혔다.

비틀.

수적의 몸이 한차례 비틀거리더니 벌러덩 넘어졌다.

와장창!

해월령은 눈을 감으며 어깨를 움찔거렸다.

수적이 쓰러지며 바닥에 놓여 있는 도자기를 덮친 것은 우연이었다.

"뭐야? 무슨 소리야?"

주위가 소란스러워지며 수적들이 몰려들었고, 해월령이 포위당한 것은 한순간이었다.

그들은 비도를 맞고 즉사한 동료를 발견하고는 해월령에게 시선을 돌리며 눈을 번뜩였다.

해월령은 머쓱한 미소를 지으며 한쪽 손을 까닥였다.

"아, 안녕?"

촤자장!

파박!

해월령은 한순간 몸을 날려 처소 지붕 위로 내려앉았다.

"잡아!"

수적들이 검을 꼬나들고 날뛰기 시작했다. 때마침 눈치 빠른 녀석이 지붕으로 올라오기 위해 사다리를 들고 왔다.

"왜 이렇게 되는 일이 없는 거야!"

해월령은 소리를 지르며 혁낭에서 호리병을 하나 꺼낸 뒤 상의 일부분을 찢어 병 안에 쑤셔 넣었다. 하얀 옆구리가 모습을 드러냈지만 부끄러워할 상황이 아니었다.

꿀꺽.

밑에 있는 수적들은 그렇지가 않았지만.

해월령은 미리 준비해 온 점화석을 이용해 기름을 가득 먹은 천에 불을 붙이고는 밑으로 던졌다.

콰창! 화르륵!

호리병이 깨짐과 동시에 바닥에 붙은 불이 맹렬하게 타올랐다.

"으아악!"

운이 없게 옷에 불이 옮겨 붙은 수적들이 비명을 지르며 바닥을 구르기 시작했다.

불이 붙은 이상 이제는 충분한 기름이 필요할 뿐이다. 해월령은 호리병을 꺼내 마구잡이로 던지기 시작했다.

화르륵!

"으아악!"

다닥다닥 붙어 있는 처소에 불이 번지는 것은 순식간이었다. 더욱이 바람까지 그녀를 도와주고 있었다.

"앗, 뜨거!"

꼭 그런 것만은 아니었다.

열기가 너무 뜨거웠기 때문이다.

촤앙!

임지령은 검을 막아서며 뒤로 주춤 물러섰다.

하필이면 적들에게 들킬 줄이야.

"후욱! 후욱!"

거친 숨이 몰아쉬어졌다.

"빌어먹을."

몸이 힘든 것이 아니다. 아직 건재했다. 하지만 왜일까? 몸이 천근만근 같은 느낌이다.

아니, 정확하게 말하자면 굳은 것이다.

경련이 일어난 듯 불안하게 떨리고 있는 두 눈동자가 쉴 새 없이 좌우를 오갔다.

휘번득 눈알을 굴리며 압박해 들어오는 수십 명의 수적이 임지령을 압박했다.

'할 수 있어. 할 수 있어. 할 수 있어.'

속으로 끊임없이 되뇌고 또 되뇌었다.

그간 거쳐 온 수많은 대련 상대들과 비교해 보자면 이까짓 녀석들은 한주먹감도 되질 않는다.

문제는 대련뿐이었다는 것이지만.

생애 첫 살인이 가져온 충격은 생각보다 컸다. 검이 살과 뼈를 파고드는 그 투박하고도 섬뜩한 느낌.

분수처럼 솟구치는 피의 압력으로 흐느적거리며 쓰러지는 수적의 모습. 그리고 원망과 고통, 절실함이 복합적으로 묻어나오는 표정까지.

이 모든 것이 계속해서 뇌리를 꽉 채우고 있었다.

한 가지 감정을 제외하고는 아무것도 생각나지 않는다.

공포.

그것은 사람이 가질 수 있는 가장 순수한 감정 중의 하나였다.

그만큼 절실하게 다가왔다.

턱!

임지령은 화들짝 놀라 고개를 돌려보았다. 그의 등 뒤로 커다란 벽이 가로막은 채 서 있었다.

"씨, 씨팔!"

배우지도 않은 욕설이 자연스럽게 튀어나왔다.

"흐흐흐!"

수적들이 음흉한 미소를 지으며 임지령을 둘러싸고 한 걸음씩 다가왔다.

꿀꺽.

임지령이 침을 꿀꺽 삼키며 검을 곧추세울 무렵이었다.

저 멀리 검은 연기가 솟구치는 것이 보였다.

'성공했구나.'

임지령의 이빨이 꽉 다물어졌다. 해월령이 성공한 것이다.

'그런데 나는……'

"검에 내맡겨 버려요."

우웅……! 우웅……!

임지령의 검이 울리기 시작했다.

"죽여 버려!"

수적들이 외치며 달려들었다. 순간 임지령의 검이 번쩍 빛났다.

슈가각!

수적들의 무리가 한번에 반으로 갈리며 피가 분수처럼 솟구쳐 올랐다.

쏴아아!

피와 육편의 비를 맞으며 서 있는 사내가 있었다.

피칠갑을 한 임지령은 입가에 비틀린 미소를 머금은 채 살아 있는 수적을 바라보았다.

"와라."

수룡왕 허난경은 초조한 표정으로 대전의에 앉아 손톱을 물어뜯고 있었다.

"아직 아무런 소식이 없느냐?"

"죄, 죄송합니다. 조금만 더 기다려 주십시오."

흉흉한 기세에 총관은 목을 자라처럼 움츠릴 뿐이었다. 다그쳐 봐야 아무런 소용이 없음을 안다. 하지만 사람의 마음이란 것이 어쩔 수 없는 것이었다.

"선아."

허난경은 근심이 가득 묻어 나오는 어조로 중얼거렸다. 그리고 그때,

"음?"

갑작스레 후각을 자극해 오는 냄새에 허난경이 눈을 동그랗게 떴다.

"탄내?"

"불이야!"

그와 동시에 대전 밖에서 들려오는 외침에 허난경은 튕기듯 의자를 박차고 바깥으로 나갔다.

"아아!"

허난경은 당황한 표정으로 탄성을 터뜨렸다. 눈에 보이는 것은 온통 연기와 불꽃이었다.

"이, 이게 무슨……."

뒤따라 나온 총관이 황망한 어조로 중얼거렸다. 허난경은 인상을 찡그리며 총관의 등짝을 후려쳤다.

"뭐 하나! 어서 불을 꺼!"

"예, 예!"

총관은 헐레벌떡 계단을 뛰어내려 가며 좌중을 향해 외쳤다. 어서 빨리 불을 진화해야 했기 때문이다.

허난경이 혀를 차며 몸을 돌릴 무렵이었다.

"아악!"

찢어질 듯한 비명 소리가 그녀의 귀를 파고들었다. 낯익은 소리. 바로 총관이었다. 허난경이 다시금 몸을 돌렸다.

총관은 그 자리에 가만히 서 있었다.

"총관?"

후두둑.

그 순간 총관이 서 있던 바닥으로 피가 쏟아졌다. 허난경의 눈이 부릅떠졌다.

털썩.

총관의 몸이 허물어졌을 무렵, 허난경의 시야에 한 사내가 보였다. 길게 늘어뜨린 한 자루의 검을 들고 있었다.

구릿빛 피부에 꽉 다문 입술과 뚜렷한 이목구비. 하지만 더욱 돋보이는 것은 시퍼런 빛을 내뿜고 있는 두 눈이었다.

"그 기세… 이번에는 확실한 것 같군."

사내의 입가에 희미하게 걸려 있는 미소.

"넌 누구냐?"

"적연."

사내 적연은 천천히 걸음을 내디디며 대답했다. 허난경은 어깨를 으쓱했다.

"이건 네 작품인가?"

"그래."

"선아 역시?"

적연은 잠시 의아한 표정을 짓다가 물었다.

"그 수다스러운 여자 말인가?"

허난경의 눈빛이 차가워졌다.

퉁!

순간 허난경이 순식간에 적연의 코앞까지 들이닥쳐 검을 휘둘렀다.

『용검풍』 제1권 끝

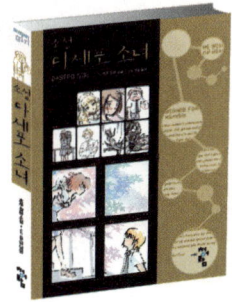

초등학생이 반드시 읽어야 할 좋은 책 49권

각 학년별로 초등학생이 반드시 읽어야할 좋은 책을
선정하여 통합논술의 기본이 되는 '올바른 독서법'을
일깨워 줍니다.

교과서와 함께하는
초등학교 통합논술

초등1학년 | 값 12,000원 / 초등2학년 | 값 9,500원 / 초등3학년 | 값 11,000원 / 초등4학년 | 값 9,500원 / 초등5학년 | 값 9,500원 / 초등6학년 | 값 11,000원

♣ 혼자 할 수 있어요.
엄마가 책 읽는 방법을 가르쳐 주어도 좋아요.
독서지도하는 선생님이 가르쳐 주어도 좋답니다.
"초등 교과서와 함께하는 **통합논술 시리즈**"는
아이 스스로 독서할 수 있도록 꾸며진 책이에요.
엄마와 선생님은 요령만 가르쳐 주시면 된답니다.

♣ 교과서의 중요한 내용이 총정리되어 있어요.
각 학년별로 중요한 교과 내용이 함께 수록되어 있어요.
초등학생은 교과서 내용을 충실하게 공부해야 합니다.
아울러 그와 병행한 독서가 대단히 중요하지요.
"초등 교과서와 함께하는 **통합논술 시리즈**"는
두 가지 방법 모두 알려준답니다.

♣ 이 책은 훌륭하신 선생님들이 함께 쓰신 책이랍니다.
동화작가 선생님들이 쓰셨어요. 소설가 선생님도 쓰셨답니다.
국어 논술독서지도 선생님들도 함께 쓰셨지요.
"초등 교과서와 함께하는 **통합논술 시리즈**"는
엄마의 마음으로 모든 선생님들이 함께 꾸민 책이랍니다.

입소문을 통해 아는 분은 다 알고 계십니다!
올 한해 공인중개사 최고의 화제작!

1~2권 합본 | 이용훈 지음
3~4권 합본 | 이용훈 지음
5~6권 합본 | 이용훈 지음
용 어 해 설 | 이용훈 지음
1~2차 문제풀이집 | 이용훈 지음

수험생 기본 필독서
만화 공인중개사

제목 : 만화공인중개사 쓰신 분에게 감사드립니다.

학원을 두달 다녔어요. 근데 과연 그 숫자 외우기 그런게 몇 문제나 나올까 생각을 했어요.
아니라는 생각이 드네요. 학원강의를 뒤로 하고 서점을 갔어요. 내 머리에 가장 이해될수 있는
책이 없나 하구요. 거기서 만화를 발견했어요. 무조건 세번 봤어요. 3개월 걸렸어요. 문제집을
보라고 했는데 그건 시행을 못했어요. 근데 합격을 했네요.
어떻게 감사의 말을 해야 될지…

도서관에서 만화책 들고 다니니까 사람들이 비웃더라구요. 만화책으로 공인중개사를 공부한
다고 미친사람처럼 보더라구요. 근데 그거 다 감수하고 했던 내가 자랑스럽습니다.
어떻게 감사의 말을 해야 할지 정말 감사합니다.
부디 행복하세요. 제 나이 41살에 좋은 스승을 만난 거 같습니다.
엎드려 감사드립니다.

−본사 홈페이지에 독자분이 올린 메일 中에서 발췌−